回答我吧！1
關於學長的100個問題
兎谷あおい
illustration◎ふーみ
Kadokawa
Fantastic Novels

學長
井口慶太
小學妹
米山真春
學長，
你有被女生捉弄過嗎？

小學妹，妳有被男生
搔過後背嗎？
——色狼，變態。

學長，你喜歡這樣嗎？

「學長～！」

「妳在這裡啊，等很久了嗎？」

「不會不會。」

如果我不想等，

就會跟你約在家附近的車站一起過來了。開玩笑的。

「我們走吧。」

「要去哪？鬆餅店嗎？妳喜歡鬆餅對吧？」

「學長記得真清楚呢，可惜答錯了。」

「喔。」

「我要懲罰你，安靜地跟我來吧。」

斑馬線剛好是綠燈，

我趕緊在號誌變成紅燈前邁開腳步。

「喂……豈有此理！」

學長嘴上抱怨，卻還是乖乖跟著我走，個性真好。

你今天做了些什麼，學長？
「……喂？」
「晚安，學長。」
「我還聽見嘩啦嘩啦的聲音
……小學妹，妳在幹嘛？」
「問我做什麼……我在泡澡啊。」
「……小心手機別掉進水裡。」
我腦中浮現學長故作正經，
耳朵卻微微泛紅的模樣。
「學長別想東想西喔。」
我弄了點激烈的水聲作為福利，嘩啦嘩啦。

他又沒看見我本人，我才不會害羞呢。
「我什麼都沒想！」
「真的嗎？」
「真的。」
他肯定在說謊……算了，沒關係。

目錄
我們的問題日誌

第 1 天「學長的LINE帳號是？」 11
第 2 天「學長有哪些課外活動？」 25
第 3 天「學長的興趣是什麼？」 35
第 4 天「學長叫什麼名字？」 49
第 5 天「你有跟我以外的女性1對1聊過LINE嗎？」 56
第 6 天「學長剛剛在做什麼？」 65
第 7 天「學長喜歡什麼東西？」 74
第 8 天「學長討厭什麼東西？」 80
第 9 天「小學妹，妳記得我們高中的校規嗎？」 90
第10天「說到『很蠢的對話』，你會想到什麼？」 101
第11天「學長，你明天有什麼計畫嗎？」 112
第12天「……妳想要我請客嗎？」 118
第13天「學長，你喜歡這樣嗎？」 128
第14天「學長最喜歡哪個季節呢？」 139
第15天「學長，你有被女生捉弄過嗎？」 148
第16天「學長的生日是幾月幾日？」 156
第17天「學長是什麼血型？」 166
第18天「學長，你會看手相嗎？」 176
第19天「學長，你覺得今天如何？」 182
第20天「你們聊了什麼？」 197
第21天「猜猜我是誰？」 209
第22天「學長的身高幾公分？」 214
第23天「學長，你每天是怎麼來車站的呢？」 222
第24天「小學妹喜歡什麼動物？」 228
第25天「學長知道動物占卜嗎？」 236
第26天「你今天做了些什麼，學長？」 244
第27天「學長，你有想去的地方嗎？」 258

Kadokawa Fantastic Novels

回答我吧！關於學長的100個問題 1

兎谷あおい
illustration◎ふーみ

第1天 「學長的LINE帳號是？」

「你掉了這個，『學長』。」

九月中旬，我終於收起暑假的心情，投入日常生活。

今天我一如往常地放學回家，正準備從家附近的八丁畑站出站，拿出票卡夾時，身後有人對我這麼說。

……掉東西？我嗎？但智慧型手機、書和票卡夾都在我手上啊。

我姑且回頭，看見一隻小小的手伸向我，手掌上有一粒黑色的東西。糟了，那是我每天都在用的耳機套。

一定是拿掉耳機塞進口袋時掉的。

「啊，是我的沒錯，謝謝。」

我從對方手裡接過耳機套，緊緊抓著以防再次弄丟。

「不客氣，『學長』。」

這個人剛剛向我搭話時也叫我「學長」，我好像還沒正眼瞧過他。我心想這樣有點失禮便望向前方，拾獲我東西的人映入眼簾。

是位女高中生。

不是普通的女高中生，而是超可愛的女高中生。

我的目光被她琥珀般通透的大眼吸引，腦中滿是「超級可愛」這個感想，完全忘了自己原本要說什麼。

她可能有染頭髮，略帶茶色的亮麗秀髮在夕陽下發光，甚至有種神聖的感覺。即使不特別注視襯衫上的校徽處，也能感覺到她有多豐滿，裙子下那雙白皙的大腿也教人難以直視。

「而且——我比『學長』小，你不必對我用敬語喔。」

我跟她不算初次見面，其實我幾乎每天都會在電車上看到她。

會注意到她是因為——她穿著我們學校的制服。

我上學搭的濱急線幾乎沒有和我同校的學生。大部分學生都會搭乘另一條路線，一出車站就會到學校。

而我每天利用的車站——日南川站位於學校後方，離校門有點遠，一路上還有上下坡，自然沒什麼人搭。

……但從我家附近的八丁畑站搭到日南川站不用換車，考慮車費和上下學時間，日南川

是最好的選擇。不過我去年四月入學，知道同班同學裡沒一個人搭濱急線時還是滿寂寞的。

所以——今年四月開學典禮那天，看見穿著全新制服外套、提著嶄新書包的女孩，從我平時等車的隔壁門搭上電車時，我有點開心今年終於有同伴了。

然而……

原有的感動經過日復一日的生活後，也變得習以為常。

我們年級不同，不會一起上課，所以只要沒進同一個社團或委員會，我們就只是同校的陌生人。我的興奮很快就被澆熄，恢復成戴著耳機看書的平靜上下學時光。

而要說有什麼不一樣的地方，我想想喔……

大概只有在小說的章與章之間，抬頭確認現在是哪一站時，會順便看看她那天是不是也在車上。

所以……

她叫什麼名字——我不知道。年紀，應該比我小一歲。

我們念同一所學校，上學時總搭同一班車。

關於她，我只知道這些。

＊＊＊

四月注意到學長後，我就一直很在意這個人。

今天我碰巧發現他掉了東西，真是幸運。這樣就能自然地向他搭話了。

現在我們在剪票口外的自動販賣機旁邊，學長買了果汁給我當作謝禮，我感激地收下。

「嗯，雖然剛剛說過，但我還想再問一下。」

學長打開手中的飲料罐，發出噗咻一聲。

「你應該是我『學長』吧？」

「我是櫻明的沒錯。」

櫻明是我們就讀的高中校名。我和學長穿著同樣的制服，在同一站上車、同一站下車，走同一條路去學校。

「太好了，學長。」

「我的名字可不叫『學長』。」

我呵呵笑了起來，但學長不知為何微微皺起眉頭，嘆了口氣。

真是的，怎麼會是這種反應呢？

「所以妳要怎樣，『小學妹』？」

「啊，這個稱呼好棒。」

小學妹……小學妹耶……嘿嘿，感覺好新鮮。

「我的名字也不叫『學妹』啊。」

學長也不知道有沒有在聽我說話，一口氣喝光汽水，將罐子扔進垃圾桶裡。我連罐子都還沒打開，我們的對話就要結束了。

「喔……禮也回了，沒事的話我要走了。」

咦，等一下，我好不容易才攔住他的。

「哇～哇～哇！請等一下。」

我連忙拉住正要揹起書包的學長，他雖然一臉困惑但還是停下來看我。接下來是關鍵。

「那個……我們學校都沒有人搭這輛電車——濱急線呢。」

「喔。」

「會在這一站下車的也只有我跟學長。」

「嗯。」

「我們多交流一下嘛！好不好？難得搭同一輛車卻都沒說過說話，太可惜了！」

「妳要說的就這個？」

學長揚起眉毛，露出意外的表情。我再說服他看看。

「日本有一億多人，全球有七十億人呢。我是很想跟所有人聊天，但這是不可能的，所以說——」

我清了清喉嚨，繼續說道：

「如果有人看起來跟我合得來，我就想和對方多聊聊天。」

＃　＃　＃

我呆呆地看著小學妹在我面前搖著飲料罐（未開封）激動地說。

我很感謝她幫我撿耳機套，但一般來說我早該走了。我們是同一所學校差一個年級的學長學妹，我們之間只有這麼薄弱的關聯，我向她道謝、請她喝了果汁後就該走了。

明明這樣就夠了——沒想到她卻想跟我聊天。

……我們根本沒必要當朋友吧。

「所以我們多聊聊嘛，到學校要三十分鐘耶。」

「聊什麼？」

「聊什麼都可以啊。」

「說起來，我對妳根本一無所知。」

語畢，我感覺到她澄澈通透的淺茶色雙眸亮了一下。我好像不該說這句話，感覺她就像在等我的這句話。

「一無所知是嗎……對了，學長好像總是在看書。」

咦，換話題了，是我的錯覺嗎？

「啥？……對啊，反正搭車的時候很閒。」

「為什麼看書？看手機也行吧？」

「看手機只能獲得已知範圍內的資訊。得知自己『不知道』的事，那一瞬間的感覺我很喜歡，所以對我來說看書是最好的選擇。」

「喔……原來如此……」

她好像很佩服我說出的金句。雖然只差一年，我還是她的學長，說的話只要有點道理，聽在她耳裡應該都滿像一回事的。

「我每天在電車上都很閒。」

「那就看書啊。」

「我會暈。」

「暈在故事裡很幸福啊。」（註：日語「酔う」可指暈車或陶醉）

她用力搖頭，亮麗的秀髮跟著一同搖晃。

「不～是～啦！不是暈在文字堆裡，是暈車！」

抱歉，我很少暈車所以不懂那是什麼感覺，我的三半規管太強了。

「所以！請陪我聊天，學長！」

「呃，可是，我剛剛不是說過，我對妳一無所知——」

小學妹的眼睛又亮了。

「——正因為不知道才要聊天啊，對吧？」

啊……原來她想這樣把話題繞回來。

「學長，你是因為喜歡探索未知事物才看書的，對吧？」

我上當了，完全上當了。唔，好不甘心。

「那你應該知道對未知事物好奇的人，是什麼心情吧？」

「是……」

「學長對我來說就是未知的，我很想知道你的各種事。請告訴我好嗎？」

「好啦……我告訴妳就是了。」

再見了，我平靜的搭車時光……

「好，你說得很棒。」

這稱讚真教人不高興。真的，我超不爽的。

＊＊＊

我將軍了。這樣你就不能再推辭嘍，學長。
我們一起度過不無聊的搭車時光吧。
「那麼學長，今後請多指教♪」
「唔……好……」
我有點興奮，最後還眨了一下眼睛，學長卻不怎麼看我。他好像很崩潰。
講不過我真的有那麼不甘心嗎？
但這是個好機會，我要跟他訂下更深入的約定。
「那我想想……我想認識學長，學長也喜歡探索未知的事。那我們來約定一件事吧。」
「約定？」
「是的。今後……這樣好了，一百個。目標是問一百個問題。」
「什麼？」
「我們每天問對方一個問題，被問的人一定要誠實回答。」
「呃……為什麼？」

他好像不懂為什麼要這樣。沒關係，因為我也不懂。

「因為……我撿到了學長的東西嘛。」

「嗯。」

「撿到失物的人，應該可以收個一成左右的回禮吧？」

「耳機套的一成是多少？」

「千的一成是百啊，學長。」（註：日語中「先輩」的「先」與「千」同音）

「啥……？」

「所以我有權利可以問你一百個問題。」

趁現在學長還搞不清楚狀況，趕緊用氣勢蒙混過關吧。

「來打勾勾嘍。」

「咦、等一下，小學妹。」

打勾勾，說謊的人要吞千根針，打完了。

我知道自己這番話很奇怪，但如果不這麼做，我有預感，以後一定只能偷看學長看書的樣子，不會有任何進展。

我不想那樣。

……總之，我們就這樣訂下了這個發問和聊天的約定。

學長也沒抗議，他是不是對我產生了一些興趣呢……如果是就好了。

「學長，我要來問值得紀念的第一個問題。」

「這值得紀念嗎？」

我無視學長的低語，直接提問。

「**學長的LINE帳號是？**」

「是怎樣？」

「你的LINE有行動條碼吧？」

「有啊。」

「給我。」

「為什麼？」

「你要回禮給我，當然要知道我的聯絡方式吧？」

「回什麼禮啦。」

「你要回答我一百個問題啊，千的一成。」

「咦咦……」

＃ ＃ ＃

這個學妹也太積極。

突然和我打勾勾，又逼我和她訂下約定。

初次見面——應該說初次對話，就跟我要LINE。

到底在幹嘛。

我算是上了她的當呢，還是被她勾起興趣了呢？

但我並沒有不悅的感覺。

「來。」

於是我打開手機，秀出自己的行動條碼。

「……學長，請把畫面調亮一點，這樣我讀不到。」

「嗯？啊，真假？抱歉。」

我沒在室外和人加過LINE，不會注意到這種細節。

「呵呵呵，謝謝學長，也謝謝你的果汁。」

小學妹恭敬地低頭道謝後邁開步伐。

「明天見！」

後來她又轉頭對我用力揮了揮手。真是的，她到底想怎樣。

＊＊＊

到家後，我連換衣服的時間都不放過，一直盯著手機。液晶上顯示著我和學長仍舊一片空白的聊天畫面。

不過……

我還以為要到LINE的同時也能知道他的名字，他在LINE上卻沒有用全名。

為什麼是「Keita」啦，這樣我就不知道他姓什麼了。真是失算。

我生氣地按下之前買的貼圖。

maharun♪：〔maharun♪傳送了貼圖〕

……反正，不久後我們一定會知道彼此的名字。

今天這樣就夠了。

第2天　「學長有哪些課外活動？」

「呼啊……」

好睏。

我每天早上都很睏，但今天比平常早起了一些，所以睡意更強了。我腦袋一片模糊，難以思考。

我提早十五分鐘起床，就為了搭早一班電車去學校。

昨天向我搭話的學妹——小學妹，不知為何就是想找我聊天。我被迫和她訂下「每天問對方一個問題，被問的人一定要誠實回答」的約定——根本就是契約。

昨天道別時她說「明天見」，想必今天一早也會找我聊天。四月起我們幾乎每天都在同一座車站、搭上同一班電車的同一節車廂，這點我倆都心知肚明。在這種狀況下我還傻乎乎地去搭平時那班電車，一定會被學妹莫名其妙的邏輯牽著鼻子走，被問一大堆問題。

……我當然也對她感到好奇，但基本資料之類的問題沒必要當面聊，用LINE就夠了。

我想在電車上看書，沉浸在書中的世界。

所以我想了幾個應付她的方法。

方法一，變換乘車位置。具體來說，是從我平常等車的那道門換到其他地方，偷偷上車不讓她發現。

……嗯，否決。上班族都穿黑色西裝，而高中生在這個季節只穿著一件襯衫，還揹著全校統一的書包，一定很顯眼。就算離得很遠，她環視整個月臺還是能找到我。

方法二，錯開搭車時間。

但若比平常晚一班車可能會遲到，而且她搭車時沒看到我，也可能會留下來搭下一班。如果我搭早一班車，缺點只有早上很睏，但就不會遇到她。嗯，就這麼辦。

因此我比平常早十分鐘到車站等車。昨天回家時發生的事一定是一場夢，我想忘掉那些事，從今天起平靜地搭車上學。

距離電車進站還有一段時間，我從書包裡拿出書來。手才摸上封面想翻開書時便有人在我右耳邊吹氣，我癢得差點將精裝書砸在地上，還嚇到彈了一下。

「學～長♪」

原以為今天不會再聽見的聲音，從右後方呼喚著我。

＊＊＊

呵呵呵，想錯開一班車逃離我？不會讓你得逞的，學長。

「咦？」

我明明從右後方叫他，他卻刻意從左邊轉向我。

哼，我都伸出手指等著要戳他臉頰了。

「早安，學長。」

「妳這傢伙，怎麼在這裡？」

他一臉世界末日來臨的表情，眼鏡下的雙眼睜得好大。

「怎麼能叫可愛的學妹『這傢伙』呢？好過分。」

「誰教妳要做這種事。」

「好啦，冷靜點、冷靜點，因為我想和學長聊天啊。」

而且我也料到昨天那樣逼迫學長，他肯定會錯開搭車時間。

「可惡……我的努力都……」

哎呀，這個人又崩潰了。

「學長，電車來嘍。上車吧。」

＃　＃　＃

我輸了。

我被眼前的學妹——順帶一提，她一上車就一臉理所當然地占據車門旁邊，那明明是我看書時固定站的位置——被狠狠擺了一道。我徹底輸給她了。

我小時候經常被整，所以知道有人拍我肩膀時要向左轉，但這小小的迴避算不上「勝利」，所以我還是輸了。

「妳這樣根本是跟蹤狂……」

我忍不住說出心聲，反而被小學妹罵。

「太過分了吧，學長。我才不是呢。」

「跟蹤狂不會意識到自己在跟蹤，所以才恐怖。」

「放心吧，我沒有對你以外的人做過這種事。」

「什麼？」

「你要負責喔。」

我的嘴巴開開闔闔，不知道該說些什麼。

「沒有啦，我開玩笑的。請不要當真。」

小學妹慌張地從我身上別開視線，清了清喉嚨。

「嗯哼，扯遠了。」

「是妳害的吧。」

「我們時間不多，直接進入正題。我今天的問題是……」

既然時間不多，就讓我好好看書吧。

「學長有哪些課外活動？」

「……無可奉告！」

不行、不行，這問題不能回答。一旦告訴她答案，不只上學時間，連放學時間都可能被她奪走。

然而眼前的小學妹（小惡魔）似乎預料到我會這麼回答，她帶著微笑繼續發動攻勢。太殘忍了。

「我說學長，我們不是約好每日一問一定要誠實回答嗎？」

口頭契約……據說也具有法律效力。

「呃，我對這個約定不是很——」

「原來學長想吃河豚啊，早說嘛。河豚在沖繩叫阿巴沙，當地人會加在味噌湯裡，吃了一定沒事。多吃點魚也好，魚的ＥＰＡ能活化你那記憶力衰退的神經細胞，讓你的腦子恢復正常。那我們今天放學後就一起去築地買河豚吧。」（註：日本人打勾勾時說的吞千針（針千本），也可解釋為吞「刺魨」，為河豚的一種）

她不是在開玩笑，而是真的打算讓我吞下河豚！河豚湯！感覺好刺，好恐怖！

其實學生會並不算「課外活動」，所以我也可以不回答。不過學生會的活動一週才一次……好啦，知道了，我回答就是了。

「……我是學生會長。」

「嗯？我沒聽見。」

我希望她快點放過我便老實回答。她卻露出困惑的表情。

「我說，我是學生會的會長，社團之類的課外活動我都沒參加。這樣妳滿意了吧？」

「咦，學長是……學生會長……？」

「妳那樣問，是有什麼意見嗎？」

「沒有，我沒意見。」

「喔……小學妹，妳知道學生會長都在做些什麼嗎？」

「不知道……但感覺權力很大。會長耶，應該是頭頭吧。」

「妳啊……」

我內心感到無力，小學妹卻笑嘻嘻地戳了戳我的手臂。

「沒有權力嗎？」

這傢伙絕對是虐待狂。她就算說自己是薩德侯爵的後代，我也不驚訝。（註：虐待文學的始祖，施虐癖（Sadism）一詞的來源）

「怎麼可能有權力。」

會長最大的工作就是在畢業典禮上代表在校生致詞。我們不曾和其他學校交流，學生相關事務也都分配給學生會委員們負責，會長只要在一週一次的會議上聽取進度報告就行了。

「如果我真的有那麼大的權力，妳早就聽說過我了吧。」

「喔，說得也是。換句話說，學長不過就這點程度。」

「吵死了，不要故意戳人痛點！」

實際上，看著同學加入社團每天揮灑汗水，我也曾感到不安，懷疑自己是不是該跟他們一樣，當個普通的社員，度過普通的青春。

「學長？」

回過神來，才發現小學妹有些擔心地望著我。

「……嗯？啊，我在想事情。抱歉。」

「真是的，竟敢在可愛的學妹面前發呆，真是好大的膽子啊。」

「妳說自己可愛啊？」

「對。」

小學妹微微鼓起雙頰，用那琥珀色的眼睛盯著我看。

……我又怎麼能說她「不可愛」呢？

「你對我不好奇嗎？」

「這個嘛。」

「你昨天明明熱切地說你喜歡探索未知的事物。」

「我應該沒有很熱切吧……」

＊＊＊

我好像說得太過分了。我告訴自己，冷靜一點。

「我們來聊天吧，學長。你有沒有問題要問我呢？」

「我寶貴的讀書時間已經過完一半了……」

從車門上方的顯示器看來確實如此。

「沒有嗎？」

「……好啦，這麼想要我問，我就問吧。」

喔，好耶。

「小學妹，妳有參加社團嗎？」

也是，一般來說都會問這個問題。

「哦～你好奇啊？」

「……不是妳叫我問的嗎？別故弄玄虛了，快點說吧。」

學長不爽的表情太有趣，我再逗他一下好了。

「咦……一定要說嗎？」

「怎樣？想跟我一起吃河豚鍋啊？」

哼。好啦，約定就是約定。

「好嘛。我呢，是美術社的。」

「妳會畫畫？」

學長微微睜大眼睛。那雙和我不同的漆黑眼眸，透過鏡片顯得特別大。

「一般般啦，畫得沒有很好。」

而且最近幾乎都沒去社課——我在心中補了一句。

我本來就不想加入太嚴謹的社團。我想找個能當幽靈社員的地方，悠哉過日子。

「是嗎……下次讓我看看妳的畫。」

「都說畫得沒有很好了。」

「啊，那就畫河豚吧。」

什麼叫「那就」啊，真是的。

「……我考慮一下。」

但如果要畫河豚，我想去水族館看看本尊。

或許也可以想辦法拉學長陪我一起去看。

嗯……我本來希望搭車時能一直聊天，今天話題卻斷在這裡。不過結束得很自然，沒什麼不好的。

當我意識到電車的哐噹聲時，學長早已從書包裡拿出書來翻閱。

反正今天的問題也問完了，就讓他看書吧。

「明天也請多關照，學長。」

我的呢喃似乎沒有傳進學長耳裡，而是被車輪的哐噹聲掩蓋過去。

第3天 「學長的興趣是什麼？」

話說，都跟學長交換LINE了，我們卻完全沒對話。

聊天畫面上只有加完好友後我傳的那張貼圖而已。但上面顯示已讀，看來學長應該有把訊息點開。

今早我覺得有點寂寞，便傳了訊息給他。

maharun♪：早安！

maharun♪：學長♡

我當然不能說自己「很寂寞」。其實傳什麼內容都好，重點在於傳送訊息這件事。

……訊息立刻顯示已讀，但學長遲遲沒有回應。

他早上很忙吧，或者……反正他一定覺得回訊息很麻煩。

真是的，就不能理我一下嗎？

＃＃＃

雖然知道沒用，但我今天還是努力早起十五分鐘。小學妹好像傳了LINE訊息給我，我沒有理她。我拚命忍住睡意，刷了ＩＣ卡通過剪票口。

「早安，學長。」

……嗯，果然沒用。我才剛到月臺，小學妹就注意到我朝我走來。總覺得她的眼神好像有點凶。

「學長，我想『問』你一件事。」

她連語氣都很凶，話中帶刺，還在「問」這個字上加了重音。

……我果然不該無視她的LINE訊息。

「**這是我今天第二次向您道早安，為什麼您剛剛沒有回我呢？**」

她用極為恭敬的措詞這麼問道，不知道是不是想挖苦我。

「為什麼……因為用手機的輸入法回覆很麻煩啊。」

既然她這麼問了，我就老實回答。

雖然這理由她聽了可能會生氣，但「事實」就是如此。

「至少回個訊息讓我知道你看過了吧。」

「有啊，我已讀了。」

「已讀是已讀，和回覆不一樣。」

「哪裡不一樣？」

「多一道手續，而且比較有誠意……」

「這兩種都代表我看過訊息不是嗎？好，妳輸了！」

「什麼輸了……呵呵，沒想到學長有時候還滿像小孩的。」

小學妹露出愉悅的笑容。

「我還沒成年，當然是小孩。」

我就是孩子氣，才會絞盡腦汁想講贏眼前的小學妹（小惡魔）。我不甘心一直輸給她。

「你就是這點像小孩。」

小學妹說完這句話後就沉默下來，左手拿著手機，右手戳著螢幕。咦？這樣好嗎？我可以看書嗎？我要開始看書了喔？昨天被她占據車門旁的位置，所以我今天帶了方便單手翻閱的文庫本……

我真的可以看書嗎？才過一站耶。

喂，妳不是還有很多問題想問我嗎？

……………好吧，不理我就算了。我要看書了。

……唉，就結論來說，我根本沒辦法專心。

我心神不寧，一直在想她什麼時候要問問題，完全看不下書。而且我今天帶的又是有點嚴肅的書。視線總是不自覺從文字上飄走，移到她身上。

我並非在意小學妹，而是滿心期待時機到來，想要挫挫這女人的銳氣……

好了，快點問吧。她一問，我就能一臉囂張地告訴她：「今天的問題我已經答過了。」

＊＊＊

呵呵呵，學長很心急呢。

我知道你一直在偷瞄我喔，學長。

你一定很好奇為什麼我不問問題吧？

那還用說？因為我剛剛已經問過「為什麼你沒有回我LINE」這個問題啦。

我們約定的是「每日一問」，要是我問兩個以上，學長一定會以此為藉口拒絕回答。

不過也要看他想得有多深就是了——

＃＃＃

電車逐漸接近學校附近的車站——日南川站。

到了前一站，車門打開時，我終於忍不住向開心滑著手機的她問道：

「喂。」

「妳今天不問問題嗎？」

算了，我已經不在意這是不是陷阱。

小學妹不問我問題，讓我覺得坐立難安。

「咦？」

她有些輕蔑地望向我後，舔了舔下唇。

就像看著困在蜘蛛網上的小蟲一樣。

「學長，你那麼想要我問問題啊？」

我那不祥的預感成真了。

「今天的問題我已經問完了耶？」

真的假的……！

她竟然算計到這一步……

我完全被她這招打敗，弄得我好像很想被問一樣。

我得想辦法反抗一下……

啊，對了。剛剛小學妹問了問題，我可以——

「順帶一提，這兩個問題不在約定中，而是基於我的自由意志問的，學長要不要回答，或要說謊騙我都可以。」

好，我輸了，今天是我輸了。這下子無論我說什麼都像在找藉口。

＊＊＊

「……我再回答妳一個問題，要問什麼都可以。」

學長低著頭，有氣無力地對我說。看來他沒想到我一直在等他開口。

他還讓我多問一個問題。雖然明天又可以問他新的問題，但這個機會我也要好好把握。

「謝謝，那麼我想請問……」

昨天聊到學校的課外活動，除此之外，他平常都在做些什麼呢？

「**學長的興趣是什麼？**」

「就是看書啊。」

哼，這我當然知道，你每天都在電車上看書嘛。

「真無聊，請說些有趣的興趣。」

＃＃＃

我知道這個興趣了無新意，但沒辦法，實際上就是這樣。我每次填寫入學申請等學校要求的資料時都很苦惱。

畢竟，若我只看輕小說、科幻小說之類特定類型的書，介紹興趣時還比較好發揮。偏偏我卻是個「只要有趣什麼都看」的雜食者。

而且我除了看書外的另一項興趣也不太能寫在入學申請上。

「還有打遊戲，主機遊戲。」

「……這只是單純的玩樂吧？」

「不，認真玩的話還滿多學問的。」

「好啦好啦。」

看吧，一般人聽到都是這種反應。我並不覺得這項興趣難以啟齒，但大多數人都會把它當作玩樂。若是電競選手，聽起來就帥多了。

「對了學長，你知道嗎？任天堂本來……」

「是一間做花牌的公司，我知道、我知道。」

「讓我說完嘛……」

啊，這讓我想起，應該說想到一件事。

「啊，我還喜歡看益智節目。」

我經常錄下搶答型的益智節目，在答題者回答前按下暫停。

「學長，剛剛那種沒用的冷知識，你一定知道很多吧？」

「幹嘛說沒用。」

「我能想像你在電視機前搶答，然後對父母露出自豪的表情。」

「……咦？妳怎麼知道？」

「猜中了嗎……嗯，不知道，我就是有這種感覺。」

「呃，我有這麼愛炫耀知識嗎？」

「與其說愛炫耀知識，不如說你很好強吧。」

聽到好強這個詞，我瞬間有種豁然開朗的感覺。

怎麼會這樣？總覺得這個詞進到我心坎，讓我不得不同意。

……嗯？同意？

「……學長？」

「啊，抱歉，我太驚訝了。」

「驚訝？」

「應該說恍然大悟吧，我真的滿好強的。」

說到這裡，我發現一件事。

她說我好強，我順從地重複她的話，這樣哪裡「好強」了？

「……我只是有點好強。」

「好啦好啦。」

小學妹笑了出來，她好像看穿了我所有的想法，讓我有點不爽。不過我能寫在入學申請上的內容就此多了一項。

「我是個好強的人，對任何事都很執著」之類的。

＊　＊　＊

「那麼，**小學妹的興趣是什麼？**」

「我嗎？」

我有好幾樣小興趣，但面對這個問題我的答案只有一個。

「觀察人類。」

其他興趣大多都是從「觀察人類」衍生出來的。

「觀察人類？」

學長一頭霧水地看著我。

「觀察人類能幹嘛？重點是妳怎麼觀察？什麼叫觀察？」

「這個嘛……我主要觀察的不是外表，而是內心。」

「是喔，內心。」

「我想知道別人和我看見同一個東西時，心裡有什麼想法和感覺。」

學長露出似懂非懂的表情，眨了幾下眼睛。

「再來呢……也想知道對方被我整了之後會有什麼反應。」

「……喂，妳該不會在觀察我吧？我是白老鼠還是什麼實驗動物嗎？」

「可能喔。」

我呵呵笑著回應學長，這時電車剛好抵達日南川站。

「不過學長應該不討厭吧？」

「咦？」

「如果你真的討厭這樣，應該會離開我，逃得遠遠的才對。」

對吧，學長？

我向氣呼呼的學長眨了下眼睛後，走下電車。

＃　＃　＃

當晚，我用家裡的電腦打開LINE，點開小學妹的聊天畫面。

maharun♪：〔maharun♪傳送了貼圖〕

maharun♪：早安！

maharun♪：學長♡

上頭有三則小學妹傳來的訊息，我這側——右側還沒有任何訊息。她明明沒有向我搭話，我卻主動聯絡她，心裡是有點不甘，但有件事一定要在今天內解決。

我絕不能讓今早的狀況再次發生。

Keita：那個

Keita：跟妳商量一件事

我第一次主動傳LINE訊息給女生，內心緊張得要命。

但我只是要和她談公事，根本無須緊張。好，做幾個深呼吸讓加快的心跳平靜下來吧。

我閉上眼睛，吸氣，緩緩吐氣——

maharun♪：什麼事？

我還在思考下一段要打什麼，就聽見手機的通知聲，打亂了我的深呼吸。結果我還沒恢復平靜就開始和她聊天。

好吧，只要沒有突發狀況就好。我拋出原先想好的條件。

Keita：早上我們不是搞不清楚哪個才是真正的問題嗎

maharun♪：對

——想要依據約定提問時，要先說這是「今日一問」。

——「今日一問」每天只能用在一個問題上。

——其餘問題全都基於自由意志提問。

我向小學妹商量，或者說確認，總之提醒了她以上三點。

Keita：就是這樣

maharun♪：原來是這件事啊

maharun♪：原本那樣也很麻煩，就這麼定了吧沒想到她會這麼爽快地答應我的提議。
說不定她也很在意這件事。

第4天　「學長叫什麼名字？」

「學～長！」

今天是週五，一週的最後一天。我累積了很多疲勞。昨天和前天錯開時間都沒用，今天我索性就在正常時間來到八丁畑站。

「學長？你有聽見我說話吧？」

我剛到月臺上排隊等車，身後果然傳來充滿活力的聲音。

「快轉過來，可愛的學妹在後面等你喔。」

我心想她喊膩了應該就會安靜下來便繼續無視她。

「真是的……學長！」

她的聲音宏亮，卻用輕微而客氣的力道拍了拍我的肩膀。

這樣一來，我也只好轉過頭，向她打招呼。

「嗯，早安。」

我扭頭看向小學妹，她不知為何一臉驚訝。

「……早安？」

「為什麼是問句……」

我小聲吐槽的同時，電車剛好進站。

＊＊＊

今天一大早就有好事發生。

學長竟然在早上等車時向我打招呼。

冷漠又讓人摸不透的學長，第一次對我說「早安」。

……看來他並不討厭我，呵呵，太好了。

「好稀奇喔，學長。」

「怎麼了？」

「你平常一上車就會拿書出來啊。」

他今天沒有翻找書包，面向站在車門旁邊的我，抓著扶手靜靜地站著。為什麼呢？

「啊，學長該不會——喜歡上我了吧？」

學長滿臉睡意揉著眼睛，我原本想捉弄他一下，看看能不能問出什麼——卻不小心說出有點自討沒趣的話，連我自己也嚇了一跳。

「……沒有。」

學長依然面無表情，卻別過視線，看來應該是害羞了。

我心裡也有點害羞，但沒有表現出來，繼續問道：

「那你怎麼沒看書呢？」

聽我這麼一問，學長大大地嘆了口氣。

「我昨天回家之後，邊玩遊戲邊思考了一件事。」

學長喜歡什麼遊戲呢？但我就算問到名字也不知道那是什麼，最近的遊戲我更不熟……

之後有機會再問問看好了。

「反正我再怎麼逃都會被妳追到，再怎麼絞盡腦汁都會被妳抓住。」

「你這說法感覺有股惡意。」

「這是事實。」

「不能客氣一點嗎？」

「我為什麼要對妳客氣？」

「我是你學妹，是女生耶。」

「好啦，總而言之。」

嗯，我確實想抓住學長，這點說的沒錯。

「反正都會被妳抓到，我乾脆就不要逃避，直接面對妳，這樣對我們雙方都好。」

「原來如此，說得真好。你想跟我多聊聊天對吧？」

「不，我……」

「既然這樣，我們就開始促膝長談吧，學長。」

「我是說……」

我故意曲解學長的意思，我當然知道他其實很想看書。

「接下來是『今日一問』。」

我說出昨天在LINE上決定的暗號，接著問道：

「**學長叫什麼名字？**」

沒錯。

從週二起這四天，我們明明每天交談，我卻都只能稱呼學長為「學長」。因為我不知道學長的名字──應該說全名。

這讓我──覺得滿難過的。

……不過，就算知道他的名字，我還是會叫他「學長」就是了。

＃＃＃

名字啊……

這麼說來，我們還不知道對方的全名呢。

用「學長」和「小學妹」稱呼方便又自然，所以我不太在意……但全名是該知道一下。

「妳要問的是姓吧？名字妳知道啊。」

想是這麼想，但我還是要嗆她。我不甘心乖乖回答她的問題。

「學長叫Keita吧？但我不知道漢字怎麼寫。」

我們有加LINE好友，所以知道對方的用戶名。我的用戶名是羅馬拼音的「Keita」，她應該可以藉此推測出我的名字。

……對了，她的用戶名稱是「maharun♪」。她到底是怎麼修改本名，才會改出這個「maharun♪」的？我想不通。

但總之現在該我回答了。

「……我叫井口慶太，井水的井、口說的口、慶祝的慶、太平的太。」

「哇，你的名字好喜氣呀。」

「妳這是在……稱讚嗎？」

「當然。」

「妳的口氣像在挑釁。」

「是稱讚啦，你真失禮。」

看她開心地笑了出來讓我有點生氣。

「……算了，換我問『今日一問』。」

「請問。」

「**maharun妳叫什麼名字？**」

我說出「maharun」那瞬間，maharun——小學妹噗哧一笑。

「怎麼這樣叫我……」

「因為妳LINE上的名字是『maharun♪』啊。」

小學妹掩嘴笑個不停，接著說：

「是沒錯！是沒錯！但還是第一次有人這麼叫我……噗。」

「不行嗎？」

「可以、呵……」

她終於笑完，靦腆地向我自我介紹。

「我叫米山真春（Maharu），真實的真、春天的春。」

「……這名字真好聽。」

「喵……嗯嗯，謝謝稱讚。」

我好像聽見什麼奇怪的聲音，但小學妹表現得很正常。是我的錯覺嗎？

話說，她叫真春啊……

之前她突然搭訕我，逼我和她訂下奇怪的約定時，我覺得這傢伙真奇怪，但和她聊天並不像想像中那麼無聊。

……而且，老實說，還滿開心的。

真春，maharun。

都已經進入秋天了，春天才翩然到來，真不知道神這麼安排，是故意的還是不小心的。

＊　＊　＊

！！！

竟然喃喃說了聲「這名字真好聽」，太犯規了吧！嗚嗚……學長……

害我發出怪聲音了啦，討厭。

第5天 「你有跟我以外的女性1對1聊過LINE嗎？」

終於到了週六。這週發生很多意想不到的事，這下我可以放鬆一下了。

……然而事與願違，早上十點，手機傳來的聲響讓我完全清醒過來。畢竟我平時並不會聽見這種聲音。

maharun♪：早安♪

我看了看通知，果然是這幾天一直找我聊天的學妹傳LINE給我。

我剛睡醒，還很睏。恍惚中不小心點開聊天畫面，訊息自動變為「已讀」。聽說世上的學生們經常因為已讀、未讀發生糾紛，我現在也不得不在意起這東西。

Keita：〔Keita傳送了貼圖〕

我想起學妹說不能已讀不回，趕緊傳了之前活動中免費下載的貼圖。

maharun♪：慶太學長

Keita：怎麼了？maharun

除了父母外，沒什麼人會直呼我的名字——而且對方還是異性。光是這樣就讓我心臟怦怦跳，上半身逐漸熱了起來。幸好是用LINE，而非面對面。

maharun♪：你今天很配合呢

Keita：還好吧

Keita：那我更正一下

Keita：怎麼了，小學妹？

maharun♪：好啦好啦

＊＊＊

我抱著圓形的抱枕，盯著手機螢幕。

學長突然叫我「maharun」，害我心跳加速。身邊的人常常喊我的名字，這也沒什麼特別的，我為什麼會這樣？

……不過還好是用手機聊天。我現在，應該滿臉通紅。

maharun♪：對了學長

maharun♪：你剛剛在做什麼？

我打起精神，拋出原本想問的問題。

Keita：我在睡覺，卻被LINE的通知聲吵醒

是喔，這個時間還在睡覺。他可能是那種懶散度過假日的人吧。

maharun♪：放假時作息也要正常喔

maharun♪：我在關心你

Keita：妳隨口說說的吧

maharun♪：才不是

Keita：妳騙人

maharun♪：不然你用「一問」問我

Keita：不用了，我不想知道

呵呵，學長人真好，願意陪我聊這些沒意義的話。

＃　＃　＃

我不想浪費一天一次的提問機會，確認這種無謂的事情。

……不過和小學妹聊天這個行為本身就滿「無謂」的。

maharun♪：那我要來問「今日一問」

原來LINE的「今日一問」會是這種感覺，比口頭更有儀式感。好，她今天要問什麼呢？

maharun♪：學長

maharun♪：**你有跟我以外的女性1對1聊過LINE嗎？**

嗯，我當然有——雖然想這麼回答，但公事通常都會在群組裡談。小學妹應該是第一個主動傳LINE給我的女生。

我姑且翻了一下紀錄，呃……

……有了，有耶。

我手機上確實有與「女性」一對一的聊天紀錄。

＊＊＊

除了學長自身，我也開始想了解他周圍的人事物，所以想了一個好問題。

針對這個問題學長一定會回答「有」，我是故意這麼問的。

我感興趣的是他後面的說明。

Keita：有啊

假設他和同學或學生會成員有交流，他就會先談到這部分；若他和這些人沒有交流，那他就會提及家人……我猜他沒有青梅竹馬，如果有，應該會更知道怎麼和女生互動才對。

當他聊起家人——沒錯，我就能得知他的家庭成員。

我這個問題最主要的目的就是想知道「學長有沒有兄弟姊妹」。用這樣的問法還能順帶了解他的交友關係，簡直一石二鳥。

maharun♪：是喔～

maharun♪：是女朋友嗎？

Keita：我才沒有女朋友

maharun♪：啊，所以是男朋友嘍

Keita：那就不是「女性」了吧？

Keita：而且我是異性戀

maharun♪：所以和你聊天的是哪位呢？

Keita：怎麼，妳想知道啊？

Keita：那就是！

Keita：我的……

Keita：母親！

maharun♪：……

maharun♪：好吧

maharun♪：我就知道

至少可以確定，他應該沒有親近的女性友人。

我沒有很在意這件事啦……真的。

順便問一下他有沒有兄弟姊妹好了。

maharun♪：學長只和母親聊過LINE？你沒有兄弟姊妹嗎？

Keita：我是獨生子啦

原來學長是獨生子。他感覺滿獨立的，我還以為他有弟弟妹妹呢。

maharun♪：不過這真是太好了，學長

maharun♪：我是值得紀念的第二個人！

Keita：妳這種說法讓人高興不起來耶

maharun♪：不然要怎麼說呢？

Keita：這麼問更教人不爽

maharun♪：「我很高興能成為學長的第二個人……」之類的？

Keita：我說妳

maharun♪：學長喜歡嗎？

Keita：還好

maharun♪：這樣啊……

＃ ＃ ＃

我總不可能告訴小學妹，我剛剛沒來由地想像了一下，她睜著水汪汪的眼睛在我面前說那段話的模樣……唉。

原以為她在問我LINE的事，不知不覺話題又轉到家人身上。今天的問題看似沒頭沒腦，最後還是回歸到我的個資上。那傢伙早預料到拋出一個問題就能讓我們聊這麼多嗎？

那我也模仿她，問一樣的問題好了——不，她肯定和一大堆人聊過LINE。像是搭車時我只要移開視線，她就會不停點著手機。

這樣的話，我要小聰明問她這個問題也沒用。

Keita：那換我問「今日一問」。

Keita：**妳有兄弟姊妹嗎？**

不要拐彎抹角，直接問她好了。

maharun♪：學長想知道我的家庭成員啊？

maharun♪：我有個哥哥，在讀大學

Keita：是喔

maharun♪：不過他讀的是外地的大學

maharun♪：偶爾才會回家

Keita：是喔(hee)

完了，我說不出「是喔」以外的感想，溝通能力有夠差。

我還在思考該怎麼辦時，小學妹傳來一段神祕的文字。

maharun♪：嗡～嗡嗡

嗯？……喔，原來如此，我懂她的意思了。

Keita：蒼蠅(hae)

maharun♪：替代型穀物

Keita：稗子(hie)

maharun♪：直笛

Keita：笛子(hue)（註：學妹要學長猜的都是ha行＋e的詞）

maharun♪：學長在幹嘛？

Keita：是妳先開始的吧

maharun♪：是沒錯

我們到底在幹嘛？一點意義都沒有，白白浪費流量。

……但這無聊的對話卻讓我莫名開心，回過神來，我已經用LINE和她聊了一個小時。差不多該去寫作業了。

結束對話吧。

……LINE對話要怎麼結束？跟她說我有事就好嗎？

Keita：那個

Keita：我要去寫作業嘍

她應該明白我的意思吧？

maharun♪：啊，好的

maharun♪：那麼學長

maharun♪：明天見

我有點猶豫要回什麼，最後回了和她一樣的話。

Keita：好，明天見

……但我們明天不會見面，應該也是用LINE聊天吧。

第6天　「學長剛剛在做什麼？」

maharun♪：學長午安

Keita：幹嘛

今天我猶豫了一下，決定在吃完午餐後傳LINE給學長。我還是得尊重他的生活作息。

maharun♪：昨天打擾到你，所以我今天晚了一點

Keita：謝謝喔

昨天問過他家人的事，今天我想問他週末都在做些什麼。

maharun♪：接下來是期待已久的「今日一問」時間

Keita：我並不期待

maharun♪：可是我很期待

Keita：好吧

當我打出「我很期待」時，我再次意識到自己有多想和學長聊天。

……好了，來問問題吧。

maharun♪：**學長剛剛在做什麼？**

如果他又說「我在睡覺」就好笑了，但這時間應該早就起床了吧。

Keita：呃～

Keita：做了很多事，我懶得回答

maharun♪：這是「今日一問」

maharun♪：快點告訴我

Keita：我現在用的不是電腦，是平板耶

Keita：妳是想要我打字打到手發炎嗎？

maharun♪：那就用電腦啊

Keita：不要

Keita：我不想從沙發上爬起來

我想像了一下學長癱在沙發上，手裡拿著平板向上舉著說「我不想動」的模樣。不知道他平常在家都穿什麼衣服。

maharun♪：啊，我有個好點子

他說打字很麻煩，那我知道該怎麼做了。

呵呵，手機還有這個功能喔。

maharun♪：〔來電〕

# # #

「喂！」

哇咧，我太大意了。

我現在躺在客廳的沙發上休息。沒錯，我在「客廳」。

而且今天又是假日。我爸出門買東西了，但我媽就坐在我旁邊。

說了這麼多，重點就是——這樣會被我媽發現。

要是她知道小學妹這個人，一定會纏著我問東問西。母親大概就是這樣的生物。

我搶在鈴聲響起前將平板調成靜音，沒想到同一時間，我扔在桌上的手機卻發出LINE特有的來電鈴聲。

「哎呀。慶太，你的電話？」

「嗯，對啊。」

唉，沒辦法了。

我背過母親的視線（總覺得那股視線有點溫暖），躲回自己房間。小心地關緊門窗後，我還鑽進被窩以免聲音傳出去，這才接起電話。

『學長，你好慢。』

「呃，妳不要突然打電話來好不好。」

『趁機問一下，學長有和女生通過電話嗎？』

她完全無視我的抱怨，逕自問起下一個問題。電話啊。

「有談過公事。」

『公事不算。』

「跟我媽。」

『也不算。』

「那就沒有了。」

『我是第一個嘍？太好了♪』

我沒想過連在家裡還會和小學妹說到話，心裡慌張不已。手機雖然方便，但太方便了也很令人困擾。

『那你剛剛在做什麼呢，學長？』

講話太大聲會被我媽聽見，所以我盡量壓低音量對著手機說。

「上網。」

『再講詳細一點。』

「做了很多事。」

『什麼意思？難道你逛了什麼不可告人的奇怪網站？』

「沒有，我看了一下網路小說，還玩了一下游戲。」

再來就是上推特找攻略而已，沒做什麼虧心事。

……像這樣蒙著被子、關著門，有如天照大神躲在天岩戶裡一樣和小學妹通電話，還比較像在做虧心事。

『原來學長的週末都過得不怎麼充實。』

她這麼說未免太過分了，可惜我無法反駁。不過難得的週末、難得的放假，當然會想懶散度過。

「週末過得充實的高中生反而還比較少吧。」

『說得也是……對了學長，你的聲音怎麼悶悶的？』

唔，被她發現了嗎？

「我的手機好像怪怪的。」

『學長，你不用再瞞我了。』

「什麼？雜訊太強了我聽不見，我掛掉再打喔。」

『不行。而且總覺得你一直壓低聲音。』

連我自己都覺得這個謊說得有點明顯，看來瞞不過她了。

『你現在在哪？』

「在家啊。」

『家裡的哪裡？』

「我房間。」

『學長房間裡有沙發啊？真奢華。』

「我房間才沒有沙發……」

說出口那瞬間，我心想慘了。我剛剛跟她說過我在沙發上。

『所以學長為了接我的電話，特地跑回房間嘍？』

「因為我家人也在客廳。」

『意思是，你不想讓家人聽見我們的對話？』

「嗯，對啊。」

這種事不要說出來好不好，很害羞耶！

「畢竟……講電話會吵到別人，一般都會去別的地方講吧。」

我壓抑住快顫抖的聲音，試著辯解了一下。

『是沒錯，但蒙著被子講電話就太誇張了吧？』

「……呃，妳怎麼知道？」

『誰教你在那邊窸窸窣窣的，聽聲音就知道啦。』

這樣也會被發現。我真的很討厭她敏銳的觀察力。

＊＊＊

學長竟因為不想被家人聽見而躲回自己房間，還用被子蒙住頭。他有時還真容易害羞。

『**那妳又在做什麼？**啊，這是我的「今日一問」。』

正當我這麼想時，學長突然向我提問。

「我和朋友吃過午餐，正要回家。」

『什麼？難道妳朋友有聽見我們的對話嗎？』

手機另一頭傳來學長慌張的聲音。

「如果我說有，你會怎麼樣？」

『……也不能怎麼樣。』

學長對這種事倒是滿乾脆的。

這樣一來就不好玩了，所以我直接對他說實話。

「別擔心，我們早就散會了。」

『不要嚇我好不好。』

「我剛剛都說我要回家了。」

『可是……』

「不知道是誰擅自想些奇怪的事喔。」

我能想像學長在電話另一頭氣呼呼的模樣，呵呵。

『都怪妳打電話來。』

「又沒關係，反正你很閒吧？」

『嗯，是沒錯……』

「對吧？那就沒差啦。」

但再繼續打擾他好像不太好。

「那我差不多該掛電話了。學長，玩遊戲加油。」

『要掛啦？』

「你有意見嗎？」

『沒有。』

「那就這樣。學長，明天見！」

明天又能多了解學長一點。

一思及此，雖然在大街上，我還是忍不住笑了出來。

第7天 「學長喜歡什麼東西？」

昨天掛電話時我還以為今天要上學，完全忘記今天是秋分，週六到週一連續放三天假。

maharun♪：早安！

學長一定像昨、前天一樣還在呼呼大睡。早上我姑且傳了一則LINE訊息給他，他卻到中午過後才回。

Keita：早

好，今天要問他什麼問題呢。我想想……

我對學長的基本資料還不太清楚，問他這方面的問題好了。

若考慮到實用性——對了，之後應該會有機會和學長一起出去，今天就問這個問題為未來預做準備。

maharun♪：學長，我要問「今日一問」嘍

Keita：這麼快

maharun♪：誰教學長貪睡，這麼晚才回覆

Keita：竟然說我貪睡……

睡到下午才起床，不是貪睡是什麼呢？

maharun♪：**學長喜歡什麼東西？**

maharun♪：食物或飲料都可以

Keita：嗯……

Keita：草莓吧

maharun♪：是喔

沒想到他舉的是水果而非料理，這樣的男生還滿少見的。

Keita：我喜歡那種酸甜的味道，還有籽和果肉混在一起的口感

maharun♪：喔喔

maharun♪：那你喜歡什麼飲料呢？

Keita：這是第二個問題了吧

哼，被發現了。

Keita：算了沒差

Keita：我喜歡那個

Keita：「冰涼夏柑果凍飲」

maharun♪：那是什麼？我沒聽過

Keita：沒聽過很正常

Keita：那是以前JT出的飲料

Keita：現在已經停產了

＃　＃　＃

啊，好懷念夏柑果凍飲。

我小學時去家裡附近上完網球課都會喝，那是我每週最期待的事之一。

我體育不太好，但爸媽要我至少學點運動，所以我每週會去上一堂課……現在很慶幸當時有勉強去上課，讓我獲得最最基本的活動能力，感謝爸媽。

我打完這一長串說明，小學妹顯得相當驚訝。

maharun♪：學長感覺不像會運動的人

maharun♪：我好震驚

少囉嗦。但我理解她的心情，畢竟我皮膚完全沒曬黑。

maharun♪：對了，我也打過網球

maharun♪：國中時參加過網球社

Keita：妳參加過這麼認真的社團？滿厲害的嘛

maharun♪：嘿嘿

「嘿嘿」什麼啦？我的腦中浮現出小學妹在畫面另一頭得意傻笑的樣子。不過她給人的感覺確實和熱門運動社團很搭調。她的表情、語氣、待人接物的方式，可能都是由社團訓練而來。

這個人本來和我沒有任何共通點，我卻不會對她感到排斥，真不可思議。

＊＊＊

Keita：扯遠了

Keita：輪到我的「今日一問」

Keita：**小學妹喜歡什麼東西？**

我們不知不覺聊起以前的運動經驗，學長趕緊把話題拉回來。我差點就要回答「學長」或「和學長聊天」，最後決定還是下次再說。不知道我說了，學長會有什麼反應。

maharun♪：嗯～

maharun♪：鬆餅之類的吧

maharun♪：我喜歡甜的東西

Keita：甜食啊

Keita：真像女生

maharun♪：……

maharun♪：我本來就是女生

Keita：好啦好啦

學長到底把我當什麼了？會吃甜食很正常吧。

Keita：飲料呢？

maharun♪：第二個問題了

Keita：妳能問，我就不能問啊？

maharun♪：開玩笑的啦，我想想……

maharun♪：麥茶吧

Keita：好老氣

老氣又怎麼樣，我每天都喝呢。

maharun♪：麥茶富含礦物質，而且不含咖啡因

maharun♪：不覺得這是專為女性而生的飲料嗎？

Keita：好啦好啦

第8天 「學長討厭什麼東西？」

三天連假結束，又要上課了。唉，上什麼課。

我有些憂鬱地來到月臺，小學妹隨即走向我。

「啊，學長，早安！」

這是我四天來頭一次見到她。仔細一看，她的五官真的滿端正的。不，老實說，她長得非常可愛，頭髮也很有光澤。

當我意識到自己對她的想法後便莫名地緊張，幾乎要僵在原地。

「早、早安。」

我為了不讓她發現而故作鎮定，搭上進站的電車。

小學妹站在車門旁，我則抓著一旁的扶手。我們已經逐漸習慣這樣的位置關係。

「星期二了呢。」

「真希望假永遠放不完。」

「學長，暑假早就結束嘍。」

「我當然知道。」

我的「高中暑假」只剩下一次了。雖然沒有暑假也不會怎樣，但暑假可以賴在家裡做自己喜歡的事，不是很棒嗎？

「學長該面對現實了，來進行『今日一問』吧。」

我在面對現實啊。正因為面對著「小學妹」這個現實，我這一週才會一直心神不寧……

她完全不懂我的心情，如常提出問題。

「今天要問什麼？」

「**學長討厭什麼東西？**」

「……妳是問我有什麼討厭的食物和飲料嗎？」

「是的。」

小學妹似乎是順著昨天的話題問的。討厭的東西啊……

「糖果吧。」

「糖果？」

「嗯，各種糖果。」

「為什麼？」

「小時候只要含著柑仔糖看書，我媽就會警告我這樣會蛀牙。不知道這算不算陰影，總之我後來就不喜歡糖果了。」

「那你敢吃其他甜食嗎？」

「我最怕的是把書弄髒，其他甜食通常不會在看書時吃，所以還好。」

不過換個角度想，能夠邊看書邊吃的甜食也只有糖果了。我現在看書時都能專注在書本上，不需要靠甜食提振精神。

「原來如此……你還有其他討厭的東西嗎？」

「其他……我討厭的飲料是番茄汁。」

「番茄呢？」

「完全ＯＫ，我還很喜歡番茄皮脆脆的口感。」

「怎麼會只討厭番茄汁……」

「我討厭的可能是那種濃稠感吧。番茄已經不留原形，卻還陰魂不散的感覺有點噁。」

「……我不懂那種感覺。」

她完全沒有共鳴。

＊＊＊

「**小學妹有討厭的食物或飲料嗎？**我的『今日一問』。」

學長將問題拋回我身上。

「我討厭巴西里。」

「喔，就是荷蘭芹嘛。」

「它還有這個名字啊。」

我姑且聽了聽學長講的冷知識，但想著想著，我一把火冒了上來。

「對了，我之前和朋友去吃飯的時候，盤子上有巴西里，這時就有人不負責任地說『巴西里營養豐富，對身體很好喔～』，還要大家數到三就把巴西里吞下去。我之前從來沒吃過巴西里，塞進嘴巴那瞬間覺得超苦的，根本不是人吃的食物。巴西里又苦又硬又有草味，我絕不承認它是蔬菜。那種東西放在盤子上當裝飾就夠了。」

「簡單來說就是巴西里很苦，妳很討厭對吧。」

「請不要將我精采的演說濃縮成一句話。」

「好啦，但種巴西里的農夫也很可憐耶。這樣一來他們費心種的巴西里，大家幾乎沒吃就丟掉。」

「啊……」

巴西里對我而言確實只是裝飾，不過……

「生的巴西里雖然難吃，但巴西里還可以曬乾磨碎撒在湯上嘛。那種乾燥巴西里應該會讓農夫心理平衡一點。」

「居然有那種高級的東西，我聽都沒聽過。」

「會跟麵包丁(crouton)一起撒在湯上啊。」

「麵包丁是什麼？自動鉛筆？」

「……那叫旋轉自動鉛筆(kuru toga)。」

「飯店呢？」

「那叫麗思卡爾頓(Ritz-Carlton)。」

「二級醇的氧化物。」

「……這我就不知道了，拜託妳裝傻也要有個限度。」

「抱歉，是酮(ketone)啦。」

「是酮啊，我傻眼(kyoton)。」

學長可能沒想到我會說諧音笑話，聽完噗哧笑了出來。我也被他傳染笑意，最後我們倆在早晨的電車上面對面笑著。

哈哈……不知道周圍的人怎麼看我們。

話說回來，呃，我們剛剛在聊什麼……對了，麵包丁。

「麵包丁就是把吐司切成小方塊再拿去炸。」

「喔，那個溼溼軟軟的東西。」

「是沒錯……」

學長形容得也太難吃了吧。

＃　＃　＃

「那妳有討厭的飲料嗎？」

「茉莉花茶。」

她沒等我說完就回答。

「我上次和女生朋友聚會時，她們紛紛說『我要點茉莉花茶』、『啊，那我也要』。我想點別的飲料，還有人阻止我說『大家都點這個，妳配合一下嘛』硬要幫我點。還說『茉莉花茶有排毒效果』、『對啊對啊』之類的，氣死我了。」

剛才說起巴西里後，小學妹就一直散發出黑色氣場。

「我真的很想問，什麼叫排毒啊？是解毒嗎？我們體內有那麼多毒素嗎？最好是喝一杯茶就能排出體內累積的大量毒素啦，這個東西有好喝到需要勉強身邊的人一起喝嗎？啊不就好棒棒。」

「……妳辛苦了。」

「因為是不熟的朋友，沒辦法明確拒絕才會變成這樣。」

小學妹似乎已宣洩完心中的不滿，表情明亮了些。

「說到這個，茉莉花茶的基底好像是綠茶耶。」

「真的嗎？」

「妳連這都不知道，就說妳討厭茉莉花茶？」

「我就是討厭它才不知道這點。用綠茶當基底，那就有咖啡因嘍？不要說排毒了，根本就在吸收毒素。還是麥茶最棒了。」

小學妹說太多話有點累了，從書包裡拿出粉紅色水壺喝了一大口。她伸長頸項鼓動喉嚨的模樣莫名地撩人，使我心中升起一股奇妙的感受。

＊＊＊

我說太多了，口有點渴，便喝了一口裝在水壺裡的麥茶。

嗯？學長目不轉睛地看著我。怎麼了？應該不是想喝我的麥茶吧——不過捉弄他一下好

像也滿有趣的。

「學長？你怎麼了？想喝超棒的麥茶嗎？」

學長愣了一秒左右，開始慌張起來。

「妳、妳幹嘛？我不喝！」

「啊，你害羞了嗎？你覺得和我間接接吻很害羞吧？」

「……是啊，不行嗎？」

學長擠出聲音回答，而且滿臉通紅。我覺得他有點可愛。

……我的耳朵也熱了起來，希望他沒有發現。

「沒有不行。」

我沒資格說他，因為我明知他不會答應還問他要不要喝，結果連我自己也害羞起來。

學長面向車窗，不願和我對到眼。

真是的，這樣我更害羞了啦，你要負責喔。

「哇，你臉好紅喔。你真的很有趣呢，學長。」

「……咦，應該沒有那麼紅吧？」

「那你承認自己臉紅嘍，嗯？」

呵呵，他轉向我了。那我就再積極一點吧，就算我趁勢說出這句話，之後還是可以打迷糊仗蒙混過去。

今天聊了很多「討厭」的事物，說些「喜歡」的事物也不為過吧。

「我很喜歡你這一點。」

我又喝了一口麥茶，好讓體內的熱氣可以散去。

第9天 「小學妹，妳記得我們高中的校規嗎？」

昨天真糟糕，我太興奮以致於說了不該說的話。

我竟然說我喜歡學長。

說出口前我當然已經想好藉口：我的興趣是觀察人類，這是對於觀察對象的喜歡。學長是我感興趣的類型，我之前從沒遇過像你這樣的人，所以怎麼觀察都不會膩。

……我還想多了解學長一點。

明明是藉口，我卻越說越掩飾不了害羞而心急如焚。我辯解時還咬到舌頭，臉頰微微發熱，連學長也紅著耳朵別過視線。

……總之，我昨天將那句話解釋成學長只是我的觀察對象，我對他有源源不絕的興趣，這就是我目前的結論。

＃　＃　＃

昨天我真的嚇了一大跳。

呃，因為……

小學妹突然——好像不算突然？我也不知道。總之，她喃喃對我說了一句「我喜歡你」。我的心臟差點撞斷肋骨衝出來。

這麼說聽起來像藉口，但因為我個性一板一眼的關係，我從來沒向女生告白、也從來沒被告白過。我既非型男又非運動健將，唯有讀書還算認真。

突然有女生對這樣的我說「我喜歡你」，我當然會嚇一跳。

不過小學妹指的好像只是對於觀察對象的「喜歡」。她總愛挖坑給我跳，這次一定也在盤算著什麼。

我想了一晚，覺得應該警告她一下，告訴她這樣是不對的。

為了和她談這件事，我決定今天由我先提出「問題」。

「學長早安～」

「嗯，早安。」

她來了……我就來說說我的想法吧。

＊＊＊

咦？昨天明明有過那種事，學長表現得卻很正常。心裡七上八下的我顯得像笨蛋一樣。

……他該不會真的相信我的藉口，沒有多想？

「今天可以由我先提問嗎？」

奇怪，學長從來沒提出過這種要求。但這反而讓我鬆了口氣。

「我們沒有規定提問順序，你要先問我也沒意見。」

我和學長已經聊了九天左右。學長好像有事要說才會這麼問，但他終於主動提問了，這讓我很開心。

「那我就不客氣了，以下是我的『今日一問』。」

我站在老位置聽學長提問。他要問什麼呢？

「**小學妹，妳記得我們高中的校規嗎？**」

「什麼？」

「校規啊。啊，正式名稱是『學生守則』。入學時發的小冊子裡有。」

「我哪記得那種麻煩的東西。」

「……嗯，我就知道。」

「校規怎麼了嗎？」

「學生守則第五十一條內容如下。」

「有五十一條啊，太嚇人了吧。」

「其實還有更多……總之『第五十一條，本校禁止男女同學交往』。」

「……這種規定早就過時了吧。」

「我們高中歷史悠久嘛，一定有很多過去留下來的傳統。」

「所以呢？原來學長是個死腦筋，非遵守那種規定不可嗎？」

學長看起來對戀愛並不積極，但也不像毫無興趣的樣子。

「另一個原因是『第八條，本校學生會會長須從成績優秀、品行端止之本校學生中選出。學生會長務必謹言慎行，以作為全校同學之楷模』。」

什麼嘛，沒想到學長會來這招。

「學生會長？」

「別跟我說妳不知道那是誰。」

「那是誰啊？」

「……就是我啦，我之前明明說過！」

「呵呵，不用擔心，我當然記得。」

「真的嗎？」

「放心吧，我記憶力還滿好的。」

＃　＃　＃

這傢伙肯定在耍我……可惡……

「你的意思是，你是學生會長，所以不能違反校規？」

「對，就算沒人在意，我也不想這麼做。總覺得良心不安。」

「你未來一定會成為傑出的工作狂，恭喜學長。」

「別詛咒我，我不想過勞死。」

小學妹聽完我的說明，站直了靠在車門上的身體，帶著笑意盯著我。怎麼了？她想要幹什麼？

「你不想『過勞死』……但你應該不會抗拒『談戀愛』吧？」

「我認為沒必要為了談戀愛違反校規，不過……」

「不過？」

「我的確不抗拒談戀愛。」

總覺得她好像在誘導我，我不想被她牽著鼻子走，就順帶說了些藉口。

「我很喜歡看戀愛故事……但該怎麼說，如果要我突破阻礙去追求愛情，我也覺得沒那個必要，所以不太積極。」

但其實——戀愛小說、戀愛喜劇漫畫總說，愛能讓人突破一切阻礙，我對這樣的「戀愛」還是懷抱著些許好奇心。

我姑且回答完她的問題……但還是覺得哪裡怪怪的。

「是喔，那我要問『今日一問』了。」

哇咧，我猜得沒錯，我被擺了一道。

小學妹還沒使出「今日一問」這張牌。

換言之，剛才那個問題並沒有強制力，是我自己決定要回答的……意識到這點後我突然覺得很難為情。接下來這個問題，我就非回答不可了。

雖然心裡五味雜陳，但我還是有點期待，不知道她會問什麼問題。

「**學長不抗拒談戀愛，那麼你認為『戀愛』是什麼呢？**」

今天的「一問」很哲學。戀愛？戀愛是什麼呢？

「……我沒想過。」

「咦～真的嗎？」

「因為我沒交過女朋友。」

「原來如此。」

小學妹似乎想確認我是否在逃避問題，但聽到我沒交過女朋友，她便沒再懷疑下去，這讓我有點受傷。無奈這就是事實。

＊＊＊

學長說他不想違反校規所以不談戀愛。

我很好奇這樣的他，對戀愛到底理解到什麼程度。

「學長經常看書吧？」

「妳不是知道嗎？」

「嗯。」

我知道，學長之前每天都在看書。

「你看過的書裡，應該有一些針對『戀愛』的定義吧？」

「妳要我引用別人的話？」

「如果你記得，就代表你吸收了那些知識啊。」

「這樣也行？」

「可以啦，快點從實招來。」

我不太愛看書，所以很多想法都是自己胡思亂想出來的。

「竟然要我從實招來……嗯，最常被引用的應該是新明解。」

「新明解？」

「新明解國語辭典，裡面的解釋很有趣。」

「你會背嗎？」

「這很有名啊，我想想……」

學長深吸一口氣，敲了敲太陽穴。

「『對特定異性抱有深厚情感，並產生親密感時，沉浸在願為對方付出一切的滿足感、充實感中，雀躍的同時又感到焦躁不安，擔心關係破裂的一種心理狀態。』……大概是這樣吧。」

「有夠長。」

「我背完也覺得自己記憶力真好。」

「真的，不能簡化一下嗎？」

「……『無論如何都想和對方在一起』，這樣呢？」

＃　＃　＃

「這就是學長認為的『戀愛』嗎？」

我只是順著小學妹的話回答，她卻以認真的眼神追問。

真奇怪，我明明說過我不想也不適合談戀愛，為什麼會和可愛的學妹聊起「戀愛為何物」呢？

「不，字典上寫的不一定就是全部……」

最怪的就是，感情真的能用言語描述嗎？

「那你有字典以外的例子嗎？」

「如果我舉得出來，就不用這麼辛苦了。」

「哼……學長你這小氣鬼。」

「我不是在擺架子啦……」

而且她單方面追問我的想法真不公平，我也想知道她怎麼想。

「那妳自己又是怎麼想的？妳認為『戀愛』是什麼？」

「咦……我不知道。」

我還以為她會因為「今日一問」已經結束而不願回答，沒想到她今天態度滿乾脆的，但仍沒有告訴我答案。

「幹嘛不告訴我？太卑鄙了吧。」

「我真的不知道……啊，但我朋友曾經說過一段話。」

「什麼話？」

「『每當你內心有所感觸時，無論多小的事，都會想跟某個人分享，那就是戀愛』。」

「嗯……想跟某人分享心情啊。」

「你懂那種感覺嗎？」

「不懂。」

「我想也是。」

那至少可以確定，我們現在這樣不是「戀愛」吧？

我不知道，唯一知道的是，我們倆都不懂那是什麼感覺。

「……所以就算聽了別人的解釋，我還是不明白。很多人沒有多想就交了男朋友，那真的是『喜歡』、真的是『戀愛』嗎？」

電車開始減速，小學妹揹好書包。

「所以——請你告訴我，學長。」

到達日南川站後，車門開啟，小學妹輕巧地跳至月臺。她晃著亮麗的秀髮轉身面向我。

「請告訴我『戀愛』是怎麼回事！」

她對我露出淘氣的笑容。我到底該不該認真看待她這番話？我左思右想，接著跟在她後頭下了電車。

第10天 「說到『很蠢的對話』，你會想到什麼？」

早上，我來到八丁畑站附近的腳踏車停車場，將腳踏車停進車架中。喀鏘的金屬聲傳來，我仰望著晴朗的天空陷入沉思。

我該用「什麼臉」面對小學妹？

我們昨天針對「戀愛」的定義聊了那麼久，我現在超害羞的。我害羞到快死掉了，不，我真的會害羞而死。小學妹最後還說了那種話。

她笑著要我告訴她戀愛是什麼，但我也只有書上學來的知識啊。

……還是說她不是這個意思？唉，真搞不懂。

再想下去就要遲到了。我拖著沉重的步伐走向車站。

「學長早安！」

我刷完ＩＣ卡通過剪票口，小學妹立刻注意到我。

「幹嘛敬禮？」

「報告，因為我想向學生會長，井口慶太學長致敬！」

她聲音很正常，動作和態度卻怪怪的。幹嘛走軍隊風？

「這樣啊。辛苦了，米山中尉。」

不過我原先確實很苦惱該怎麼跟她說話。我配合她把話接下去後，我們就自然地聊了起來，昨天那件事就像沒發生過一樣。

「中尉和會長，誰的地位比較高？」

「軍隊裡沒有會長這個職位，只有小隊長或中隊長。」

「是嗎？我們是高中生，就叫你高隊好了。」

「聽到小、中應該要接『大』吧？」

「所以『大多』會說大隊嘍？」

別突然搞笑……不對，她今天從一開始就在搞笑。

「我記得大隊長『大多』是少校。」

「說第二次就不好玩了，井口少校。」

「別一臉認真說這種話，我會受傷。」

「……請給我代替品。」

「妳自己還不是說了第三次！」

＊＊＊

我昨天表現得太積極了。

我不希望我們的對話因此變僵，所以搶先做出一些奇怪的舉動。幸好我的方法奏效，今天也和學長順利聊起天來。

「妳今天怎麼突然這樣？態度好像和平常不太一樣。」

我們上了電車站到固定位置後，學長果然開始向我抱怨。

「我在想。」

「嗯。」

「每次都聊那麼正經的話題也滿累的。」

「正經……？哪裡正經了？」

「例如喜歡和討厭的事物。」

「那是閒聊吧？」

「昨天的話題就滿正經的啊。」

「呃……」

談起昨天的聊天內容我也會害羞，所以就不說了。

「我大概懂妳的意思。」

學長認同了，好耶。

「所以我們今天就不聊正事，來聊點沒營養的東西吧。」

「沒營養的東西？像剛剛的『大多』那種諧音笑話？」

「那也需要語言能力和反應力呢。」

「要用腦袋就不算沒營養，是嗎……到底什麼叫沒營養？」

學長又像昨天一樣說出有點哲學的話。我們就是愛思考這種事，才沒辦法展開沒營養的對話。

「換句話說，就是『很蠢的對話』。」

「這樣更難懂……」

＃　＃　＃

總是聊正經的話題很累，這我可以理解。

那就來聊點沒營養的東西吧，這我就不懂了。

難道沒有不聊天，讓我好好看書的選項嗎？

「好的學長，我的『今日一問』是：**說到『很蠢的對話』，你會想到什麼？**」

沒有看書這個選項。她使出「今日一問」強迫我回答，不讓我有任何逃避的可能。

……所謂很蠢的「對話」，感覺是兩個明明可以正常對話的人刻意耍笨。在什麼情況下會這樣……嗯，我想到一種可能。

「……學長？」

唔呃，但我好不想講。講出來一定會被整。可是我又答應她要回答……

「那個，笨蛋情侶之類的。」

「什麼？」

「就是那種笨蛋情侶，眼中只有彼此，活在自己世界裡的感覺。」

我喉嚨傳出的聲音比想像中小聲，耳朵感覺也要變熱了。

「喔，笨蛋情侶……你是指，甜蜜到像笨蛋的情侶？」

小學妹帶著笑意，將臉湊了過來。我只能默默點頭。為什麼我會陷入這麼教人難為情的狀況？

「是喔，原來學長會想到這個，真是人小鬼大～」

「什麼人小鬼大，我是小學生嗎……」

「你的戀愛經驗一定跟小學生差不多吧？」

「可惜並非如此。」

「咦？」

看見她驚訝的表情，我內心暢快了些。不過她是怎麼看我的？一定覺得我從來沒和女生相處過吧？……是沒錯啦。

「……放心吧，我連小學生的程度都不到。」

連牽手都沒有喔，很強吧。

「喔……原來如此。」

小學妹用同情的目光瞥了我一眼，真過分。

「別說我了。我也要問『今日一問』。」

這樣下去我的心理創傷只會越來越深，是時候反擊了。

「**那妳呢？說到『很蠢的對話』妳會想到什麼？**」

她用右手食指抵著下頷想了一下後，怪聲怪調地說：

「怎麼柯能！」

「……這種耍笨方法過時了吧？」

這是我國中時的流行語，她居然知道這個。

「有些人無論聽到什麼都會接『怎麼柯能』，我想到的就是這種對話。」

「這叫『對話』嗎？這樣聊不起來吧？好像只是在閃避話題？」

「確實聊不起來。這不算對話啊，那……」

小學妹說完便閉口不語，但她臉上隨即露出愉快的微笑。

「我想到了，學長。我們來試試你說的『很蠢的對話』吧。」

……什麼？

「你也覺得之前聊得太正經了對吧？何不來試試看呢？」

她到底在說什麼？

「那門一關上就開始嘍，到下一站為止。」

她剛宣布完，車門就關上了。那瞬間，小學妹忽然扣住我的左手，拉向她自己……這我知道，這就是所謂的十指緊扣。

「喂，幹嘛？」

小學妹湊到我面前，用那雙睫毛長長的琥珀色水潤眼睛盯著我。她的雙頰呈現自然血色，皮膚上一顆痘痘都沒有。

「學長～我可愛嗎？」

她嗲聲嗲氣地逼問我。我第一次聽見這種甜美嗓音，甜得像淋了大量焦糖醬的星冰樂。

糖分穿透我的鼓膜，滲透進我每一個腦細胞中——甜膩的聲音在我腦中迴盪，讓我產生這種錯覺。我一時之間難以將視線從聲音的源頭，那蜜桃色雙唇上移開。

「嗯……很、可愛。」

我支支吾吾地說出「可愛」二字，話一說完，全身都熱了起來，心臟已經不只是怦怦跳動，而是撲通狂跳了。皮膚的感覺變得遲鈍，意識一下子集中到視覺和聽覺上。

「呵呵，謝謝學長。我是全世界第幾可愛的呢？」

「第一，全世界妳最、可愛。」

每說一次「可愛」，我就同時感受到羞怯和興奮兩種情緒，腦內的思緒逐漸超載。

在什麼都無法思考的情況下，我只知道自己很幸福。

＊＊＊

我只不過拉起學長的手，湊到他面前用娃娃音對他說話，他的臉就紅成這樣，真可愛。

「我超～級喜歡學長，好喜歡、好喜歡，喜歡到不行——」

每當我說「喜歡」，或聽見學長說我「可愛」時，就有種奇妙感受從上到下貫穿我的身體，讓我既感到幸福又覺得焦躁不安，臉頰和耳朵也熱了起來。

……這種對話還滿讓人害羞的。

「——學長呢？你喜歡我嗎？」

我害羞得無法思考，直到現在才注意到電車已經快到下一站。既然一開始就宣布了規則，我自己也得遵守才行。

學長還來不及回答，車門就開了。

「學長？」

我用正常的聲音喊完，在愣住的學長面前拍了一下手。

「學長～？」

「嗯？太近了、太近了。」

啊，學長變回來了。依舊滿臉通紅的他後退了一步，我的耳朵也還很熱，想必在旁人眼中我們的臉都一樣紅。

「……這種很蠢的對話真恐怖。」

學長心有餘悸地說道。

「真的……我沒想到才一站就這麼耗精力。」

「妳幹嘛用娃娃音說話？那是怎麼發出來的？還有，不要一聲不吭就開始好嗎……」

「娃娃音是女生的必備技能嘛。」

「什麼必備技能，恐怖死了。」

學長大大地嘆了口氣後，下了一個結論。

「總之看來『聰明的對話』比較好，比較不那麼累。」

「說得也是……這招封印起來吧，好恐怖。」

學長沒有拿書出來，只是疲憊地隨著電車搖晃。

而我也沒有心情滑手機，一味地望著窗外發呆。

第11天 「學長，你明天有什麼計畫嗎？」

「學長，我有個提議。」

「又有提議？」

小學妹今天一樣站在車門旁，面向我說話。

「昨天不是衍生出一場慘劇嗎？」

我怎麼可能忘記。

我們想試試「很蠢的對話」，而我最先想到的是笨蛋情侶間的對話，實際試過之後我跟她的心靈都受到致命傷。

「我們不該嘗試奇怪的事，普通聊天就好。」

「什麼叫普通？」

「就是和平時一樣。」

「和平時一樣？我們沒有固定的形式吧？」

啊，不過小學妹站在門邊，座位區最旁邊的位置，我則站在離她一步之遙且靠走道的位置，這個位置關係或許可說是「和平時一樣」。

「也是。」

「而且還要特意先說『今日一問』，這件事本身就很不自然了。」

「是學長說要訂定規則的啊。」

「是沒錯。」

「……那就這樣吧，問普通的問題。我要問『今日一問』。」

「就說這樣不自然了。」

「沒關係。**學長，你明天有什麼計畫嗎？**」

「妳啊……」

「這樣就是普通的對話了吧？」

小學妹看著我呵呵笑了起來，可愛到令人生氣。

＊＊＊

我如果問學長「有空嗎？」，他一定會刻意想出一些藉口賴在家裡，他看起來就是自己一個人也能玩得很開心的類型。

所以我覺得應該先問他明天有什麼計畫。

「有啊……我當然有一些計畫，問這個幹嘛？」

這是一般的問題，我可以選擇「不回答」。我臉上掛著大大的微笑，注視著學長。

一秒、兩秒……我們稍微對到了眼，但學長很快就移開視線，把頭撇向一邊。

「妳不想回答嗎？這樣我更在意了……」

學長用右手抓了抓後腦杓，接著說：

「**告訴我妳為什麼要問剛剛那個問題**，這是『今日一問』。」

「討厭……竟然想探問少女的祕密，學長真是積極……」

「什麼少女的祕密。」

他用懷疑的眼神望著我，像是在說「誰是少女啊」。

「但既然約好了，我就回答吧。你把耳朵靠過來一下。」

我不給學長質疑的時間，迅速將嘴唇附到他耳邊。

＃＃＃

「要和我約會嗎？」

小學妹用小而清楚的聲音在我耳邊低語，讓我覺得很癢。

我的背脊一陣酥麻，不由得站直身體。

平日早晨的睡意一下子消散，我體內分泌出一股激素，不知是腎上腺素、多巴胺，還是催產素，使全身細胞產生反應。

我的心臟跳得飛快，耳朵很熱，喉嚨一不小心就會發出怪聲。

「那、那那那個……」

糟了，我的聲音和昨天一樣抖，完全無法思考。

我閉上眼，清清喉嚨，做了個深呼吸讓身體冷靜下來。我的心還是無法平靜。冷靜點，冷靜下來。喂，快冷靜，冷靜下來。好，我冷靜了。不，我還沒有冷靜。總之快冷靜下來。

「你在緊張什麼？」

小學妹退離我的耳邊，回到我面前呵呵笑著。

如果告訴她我想起昨天的事，肯定又會被調侃，還是含糊帶過好了。

「還不是因為妳說要約會。」

「約會而已，有什麼大不了的？」

「妳要考慮一下我的立場，我的立場不能做這種事。我之前不是跟妳說過校規嗎？」

「真是的……那就回頭討論一下『約會』的定義吧。學長，你記得字典上對『約會』的定義嗎？」

「怎麼可能記得，會記得『戀愛』是因為它有名。」

「喔，原來是這樣。」

我回答完，她便從肩上的書包裡拿出一個全新的白色電子辭典。

「今天有英文課，我有帶字典來。」

她俐落打開電子辭典，按了幾下鍵盤。

「……嗯，約會……有了，我唸一下。」（註：原文為外來語date。）

小學妹有些刻意地咳了一聲後開始朗讀。

「『①日期；時間』——這是英文的『date』大家都知道。另一個是，嗯，『②在指定的時間和地點與異性相會；幽會』。」

小學妹唸完，啪一聲地關上電子辭典。

「……這是《廣辭苑》的定義。看來『約會』這個詞和戀愛無關呢。」

「這就是妳認為的『約會』嗎？」

我將她前天問的問題拋還給她，想要一雪前恥。

「是的。我們本來就是因為不了解異性，才想透過聊天了解一下，又沒有真的要談戀愛。不是嗎，學長？」

我真想反射性地說「不是」，若能這麼說該有多輕鬆。

我從來不懂「女生」是怎樣的生物。如果為了認識女生而接近女生，別人又會覺得我想談戀愛，我不想要變成那樣。

所以——總覺得如果否定了小學妹這段話，就等於否定、拋棄了我自身的想法。因此我無法反駁。

「……沒錯。」

「那我們明天就來約會吧，學長什麼時候有空呢？」

我總是嚴肅看待生活，甚至經常不顧他人感受，試圖用道理說服他人。我就是這樣的人，所以當別人說出一些有道理的話想說服我時，我通常都會被說服。因為我腦中只有一個又一個邏輯所構成的網絡。

「下午。」

就這樣，我和小學妹約好明天一起出去玩。

唉，我原本想打遊戲或看書的說。

「我可以順帶問一下為什麼早上不行嗎？」

「因為我有一項重要計畫，就是睡覺。」

小學妹望著窗外流過的風景，大大地嘆了口氣。

第12天「……妳想要我請客嗎？」

那個學妹終究將魔掌伸向了我平靜的假日。

我本來不想理她的，開始聊天後，也以為我們只會在早上搭電車時碰面。沒想到我們才認識不到兩週就要一起出去。那個學妹到底想怎樣？

昨天她有傳LINE告訴我地點。她說要約在學校反方向的終點車站，下午兩點在剪票口外面見。

不過我們訂下的約定是「回答問題」，我並沒有義務赴約——我才這麼想，她就傳了個訊息提醒我「一定要來喔！」，那傢伙難道會讀心術嗎？

換言之，如果我去了，就代表我同意她的提議要跟她「約會」。如果這就是小學妹的企圖，那她今天鐵定一見面就會調侃我，哇咧。

今天約好要去的地方離我家很近，又有很多書店，所以我常去那裡，不會覺得去那裡有什麼不妥。但總覺得——我也不知道為什麼，為什麼我會這麼不想赴約呢？

可能是因為覺得和女生單獨出去很害羞吧。

……總之再怎麼找藉口，還是不能不去。我原本只畏懼LINE和週一早晨，現在連放假時也要擔心受怕。

……好啦，去就去。反正這週作業很少，我留在家裡也只會上網、看書、打遊戲。沒辦法，還是去吧。

我隨便穿了件襯衫和牛仔褲，走出家門。

＊＊＊

下午一點五十分，我在集合時間的十分鐘前抵達約定的車站。

雖然也可以搭早一班車，但我想在車上和學長來個不期而遇。

沒想到學長比我早到，他果然是個守時的人……我本來還擔心他不會來，看到他的身影總算鬆了一口氣。

「午安，學長。」

「妳認錯人……」

學長疑惑地望著我愣了一會兒。

「……真假？妳是誰？小學妹？」

「是的～是我沒錯。」

我只是把平常綁起來的馬尾放下來而已……有差這麼多嗎？

啊，便服可能也有關係。

「走，我們去『約會』吧。」

學長一臉不可置信地眨著眼睛，我沒理他，逕自走向今天的目的地。

＃　＃　＃

我嚇了一跳。

她跟平常也差太多了吧。女生真恐怖，光是放下頭髮，從制服換成便服，感覺就能差這麼多。居然還穿白色洋裝，根本正中我的好球帶。她是來殺我的嗎？我要死了。仔細一看她的唇色也比平常淡，這傢伙是哪來的美少女？

「沒想到妳會打扮成這樣。」

小學妹不知道要去哪裡，我望著她的背影說。

「我是女生嘛。」

她邊走邊回頭對我說。

「可愛嗎？」

與其說可愛，不如說「夢幻」吧？不管怎樣，她這身打扮都很引人注目，又一次正中我的好球帶。

不過這並不是「今日一問」，所以我沒必要認真回答。

「是是是，可愛可愛。」

像這樣不帶抑揚頓挫地回應，應該就行了。

「你的話裡完全沒有感情……」

我漸漸知道怎麼應付小學妹了。

我們聊著這種沒內容的閒話，走著走著，我大概猜到走在前頭的小學妹想去哪裡了。畢竟我對這裡很熟。

「電影院啊。」

我昨天連忙看了一堆網路文章，其中有一篇「別踩雷！初次約會地點排行榜！」，電影院是這個排行榜的第一名耶，沒問題嗎？

她停在建築物入口側邊，貼有許多電影海報的地方。

小學妹這次整個人轉向我，還將雙手揹在背後，真會撩男生。

「好，學長，我要問『今日一問』了。**這些電影中你最想看哪一部？**」

裡面既有真人電影也有動畫電影，有的在電視上、有的在推特上猛打廣告。其中有一部動畫電影在推特上好評不斷，讓我有點好奇。我指向那部電影的海報，上頭畫著一對高中生年紀的男女面對著觀眾。

「這個吧，但這好像是戀愛故事。」

「哎喲學長，你果然對這種東西有興趣。」

「我只是想看故事好嗎？」

「是嗎？」

「別再問了。」

我覺得自己不可能談戀愛，所以想沉浸在虛構的世界中。

……但我這不是在「約會」嗎？哇，太驚人了。

好了，先不管這些。我望向一旁的時刻表，發現電影就快開演。我們急忙搭電梯前往影廳所在的樓層。

抵達售票口後，我突然想起一件事。

這是「約會」。

我昨天惡補了一下才知道，一般的「約會」好像該由男生全部買單。我抱著半信半疑的心情讀下去，看到有人說「若是學生就沒有收入差異，不必在意這些」，又有人說「女生治裝開銷較大，所以這點小錢該由男生來出」，到最後我還是搞不懂該怎麼做。

嗯，怎麼辦？

我想來想去，想到一個解決辦法。

「我有個問題，想用『今日一問』來問妳。」

「請問。」

「**……妳想要我請客嗎？**」

連我自己也覺得這麼問很糟糕，交往再久的戀人聽了都會幻滅。

小學妹眨了幾下眼睛後，這麼回答：

「……老實說如果你請客，我就能省一筆錢，當然樂意。但是我沒有理由讓你請我，所以你要不要請都可以。」

而且邀我出來的是她，我確實沒有理由請她。總覺得通常是有特別的事，人們才會「請客」。可是——

「……那全部都由我付。」

「咦！好……謝謝學長。」

我認為今天有一件「特別的事」。

每到週末我總是懶在家裡，小學妹卻成功將我約出來。光是這樣，就已經比一張電影票還可貴了。

電影院的售票姊姊聽著這奇妙的對話，對我們投以疑惑的目光。

＊＊＊

我們看完將近兩小時的電影後走出影廳，我在和煦的陽光中伸了個懶腰。

這部電影還滿難懂的。作品中的作品與作品中的現實不斷交替，弄得一團混亂，最後還加入了真正的現實——戀愛成分不多，但我身邊有學長的陪伴，或許這樣就已經很不錯了。

「你覺得怎麼樣？」

「很好看。」

學長滿意地說他本來不會看這類型的電影，但看完後很喜歡。

「真不錯、真不錯。」

「學長，我們待會兒要做什麼？」

這時間吃下午茶太晚，吃晚餐又太早。但還是可以去咖啡廳坐一下。

「不能各自回家嗎？我想趕快找電影解析來看。」

哼。不過今天的「一問」已經用完了，我也沒必要強迫學長留下來。

「說得也是，那回家——之前還有件事。」

差點忘了，我要約他。畢竟我票都訂好了。

「學長，明天傍晚你有事嗎？不准跟我說要看書喔。」

「……我想玩遊戲，我要把故事線往前推進。」

「好啦好啦。那請在四點到原宿車站。」

「啥？原宿？為什麼？」

「我們明天再來約會吧。」

「等一下……」

「學長，謝謝你幫我出電影票錢，今天很開心。」

我趁他還來不及抱怨就轉身往車站走去。

「明天見嘍！」

今天就先這樣吧。

＃　＃　＃

不不不不，給我等一下。

小學妹快步離去，將我獨自留在原地，我們簡直就像一對因電影而分手的情侶。呃……令人驚訝的事太多了，真不知道該從何思考起。

今天的「約會」順利結束，這是好事。

但她卻說明天要再約會一次，還連時間都訂好了，為什麼？

而且竟然約在原宿那種時尚之街，該不會想找我陪她逛街吧？搞不好還會問我「你覺得這件還是這件好看？」。我對衣服一竅不通啊。

對了，既然現在人在外面，就去服飾店逛逛吧。我想想，這附近……

因為對我來說，衣服只要看起來不奇怪就好。怎麼辦呢？

重點是，我根本沒有適合的衣服可以穿去那種時尚的地方。

……我到商場樓下逛了一圈，最後空手而回。那些時尚的店裡都有一些穿搭有型的店員小哥，我哪敢進去？哪敢跟他們說話？

算了，在家隨便找點衣服穿吧……買衣服對我來說太難了……

結果我浪費一小時逛服飾店，又浪費兩小時在家翻箱倒櫃找衣服穿，把我的時間還來。

第13天 「學長，你喜歡這樣嗎？」

我穿著總共花了三小時挑選的衣服，搭上前往原宿的山手線電車。

真的要去原宿啊……

我只在傍晚的生活資訊節目中看過原宿那般時尚的街景，完全不知道原宿實際上有哪些店家。

我們的集合地點是ＪＲ竹下口。所謂竹下口，應該是面向竹下通的出口吧？

印象中那是一條廣受少女喜愛的道路，但和池袋的乙女路又不太一樣。

我猜那裡應該有很多流行服飾店、可麗餅店、鬆餅店之類的。

……對了，小學妹好像喜歡吃鬆餅。我不小心想起了這件事，並在原宿站下了電車。

＊＊＊

啊，學長來了。我今天提早到來等他。

第13天
「學長，你喜歡這樣嗎？」

「學長～！」

學長穿著白衣黑褲，外套則是藍色的。

「妳在這裡啊，等很久了嗎？」

「不會不會。」

如果我不想等，就會跟你約在家附近的車站一起過來了。開玩笑的。

「我們走吧。」

「要去哪？鬆餅店嗎？妳喜歡鬆餅對吧？」

哇，學長居然記得，好意外。

「學長記得真清楚呢，可惜答錯了。」

「喔。」

「我要懲罰你，安靜地跟我來吧。」

斑馬線剛好是綠燈，我趕緊在號誌變成紅燈前邁開腳步。

「喂……豈有此理！」

學長嘴上抱怨，卻還是乖乖跟著我走，個性真好。

＃＃＃

我們明明從竹下口出來，卻沒走進竹下通。

小學妹連手機地圖都沒打開，輕鬆穿梭在人潮之中。

這裡盡是我不熟悉的店，但無論是年輕人愛的服飾店，還是受女生歡迎的甜點店，她看都沒看一眼，不停地往前走。我只能跟隨她的腳步前進。

走了大約五分鐘，從大街彎進小巷後，小學妹停在一棟建築物前。她翩然轉過身來，用誇張的動作指著招牌。

「歡迎來到謎之基地！」

「幹嘛突然歡迎我……這是哪？」

通往地下室的樓梯旁有個畫著箭頭的牌子，上面確實寫著「謎之基地」。

「這裡是……玩解謎遊戲的地方。」

「解謎遊戲？」

「或者叫腦筋急轉彎、知識競賽、益智遊戲都可以，反正就是這種類型的遊戲。」

「……喔，所以叫『謎之基地』。」

「是的，我猜學長可能會喜歡，因為你說你喜歡看益智節目。」

「喜歡是喜歡……」

我之前只稍微提了一下，沒想到她還記得。

「呵呵，太好了。我買好票了。」

「……嗯？票錢呢？」

「昨天你請我看電影，今天的錢就由我來出。走，進去吧。」

小學妹輕笑了一下，走下樓梯——下樓前她又回過頭來。

「對了，聽說這遊戲的成功率只有10％喔。」

「節目上號稱答對率只有10％的問題，我很容易就解開了。」

「待會兒你就得意不起來嘍。」

我們走下樓梯進到室內，被工作人員帶到一張六人座的桌子旁。

坐著等了一會兒後，室內響起一陣廣播。

「感謝各位來參加今日的實境解謎遊戲。這是場團隊合作的遊戲，同桌的六位為一個小隊，也是命運共同體。請趁現在好好認識一下彼此！那麼在遊戲開始前，請稍待片刻。」

總之，就是要合作解開謎題吧。

我正想向身旁的小學妹詢問細節，同桌的人卻先開口說話。

「各位，今天請多指教。」

「請多指教！」

我身旁的小學妹活力充沛地回應。隨後，我和同桌其他人也接連向大家打招呼。男生包含我有四個人，女生包含小學妹有兩個人。

「問個無關的問題，你們在約會嗎？真好～」

坐在我們對面，最先向大家打招呼的大學生姊姊接著問道。

「嗯～不知道耶。」

身旁傳來的聲音比平時高一些，她面對陌生人時可能都是這麼說話的吧。

我想都沒想過，我們有一天會被當成約會中的情侶。

「學長？」

「我才想問咧，不是妳約我的嗎？」

「現在討論的是這算不算約會，跟誰約誰無關。」

「我們之前不是定義過了嗎？男女相約外出就是約會。」

「對，所以是約會沒錯。」

小學妹清了清喉嚨後，轉向那位姊姊。

「他說是約會。」

「這樣啊！」

不知為何，那位姊姊傾身向前，眼神閃亮地看著我們。

「這是你們第幾次約會？」

「第二次吧。」

「咦，才不是呢，學長。」

「什麼？」

「學長不是每天早上都跟我搭同一班車嗎？」

「是沒錯。」

「如果相約外出就是約會，那我們每天都在約會吧？」

「那是妳刻意配合我的時間吧？」

「不管誰配合誰，都是約會啊。」

哇咧，我自掘墳墓。小學妹在一旁得意地嘿嘿笑著。真是的。

「結論是我們約會了無數次。」

「這樣啊！那——」

姊姊之後又問了一大堆問題。

「再次提醒各位，遊戲目標是『全隊』逃脫，請記得要分享資訊、分工合作！準備好了嗎？解謎遊戲……正式開始！」

廣播彷彿上天的指示般傳來，我們總算可以開始解謎。

遊戲時間六十分鐘。我們拆開桌上的信封，裡頭掉出大約二十張紙，每張紙上都寫著問題。這也太多了吧，要解這麼多題？

「我解這題。」

「那這題我來！」

我配合隊友，拿了一道題目。嗯，這一題……我想想……

「……解出來了！」

「答案請寫在這張紙上。」

工作人員遞給我們一張稿紙，原來答案要填在這裡。我看看，問題E……

我們反覆解題，在會場裡跑來跑去，還拿玩具劍對付敵人，六十分鐘一眨眼就過完了。過程進行得還算順利，但終究沒辦法讓「全部人」都脫困，以失敗告終。

因為主辦單位禁止爆雷，詳細內容就不多說了，總之真的很好玩。

唔唔，差一點點就過關了，真教人不甘心。

這麼好玩的遊戲，我還想再來玩。

基於遊戲性質，同一場遊戲很可惜不能參加第二次。只好挑戰看看其他遊戲了，下次我一定會成功。最後發的問卷上寫著「有興趣的話，請訂閱我們的電子報！」我立刻寫下自己的電子信箱。

雖然很不甘心，但也玩得很開心。

＊＊＊

我好久沒玩解謎遊戲了。

還以為和學長搭檔說不定可以成功破關，但這遊戲真的有點難。好不甘心。

但有一件開心的事，就是學長看起來比我更不甘心。這樣我就能再邀他來玩了，呵呵。

走出會場，秋風咻地吹過，讓我全速運轉到發燙的腦袋冷卻下來。天色已經暗了下來，來的時候明明還很亮的。

但我累了，也不想馬上吃飯。學長也比較喜歡獨處，今天就解散——不如說，回家吧。

我和學長一同走到車站，搭上電車，自然地站到老位置。學長也是這樣。

既然搭上電車了，當然要做那件事。

「學長，『今日一問』。」

學長一如往常想要拿書出來，他震了一下，斜眼瞄向我。

「學長，你喜歡這樣嗎？」

我指的不只是「這樣的解謎遊戲」，還包含「這樣的約會」。

……還有「這樣的我」。

# # #

她，小學妹，米山真春。

這個問題裡到底包含了多少意思？

而我的回答之中，又該包含多少意思？

……我沒能立刻回答她，但答案很清楚。

我不可能討厭，不可能不喜歡。

我覺得很好玩、很開心，她還告訴我很多我所不知道的事。

……但這種情感還沒強烈到「無論如何都想在一起」就是了。

「嗯，我喜歡，今天很開心。」

所以我選擇誠實回答。我不喜歡過度辯解，她應該也不希望我再多說什麼。

嗯，現在說這些就夠了。

「謝謝學長♪」

我真誠地回答完，她也真誠地道謝。

……不對，等一下、等一下。雖然感覺今天好像有個很好的收場，但這樣我不就沒機會用「今日一問」了嗎？

畢竟，若用同樣的方式問同樣的問題也很無聊。我好像無話可說了，該不會連這點都在她的掌握之中吧……這學妹真可怕。

我不想破壞氣氛，便悄悄地拿書出來。

晚點再用LINE問她「今日一問」就好。

——結果我忘記問了！

不對，我沒有忘記。我只是回憶了一下開心的解謎遊戲，吃過晚飯，然後賴在床上耍廢，不知不覺就超過午夜十二點了，沒錯。

既然是新的一天，「今日一問」的權利也會更新。我原本想用的提問權應該也消失了。

啊，但並沒有規定這一點，再和她商量看看吧。

Keita：我想到一件事

maharun♪：怎麼了，學長？

Keita：我今天忘了問妳問題

Keita：「今日一問」的權利可以延到隔天嗎？

maharun♪：這點我們還沒決定耶

maharun♪：老實說，我覺得不行

Keita：為什麼？

maharun♪：最近的「一問」用得太隨便了

Keita：啊，好像是

例如「很蠢的對話」，真是莫名其妙。與其說隨便，不如說超沒必要。

maharun♪：那就決定不能順延嘍

Keita：好啦好啦

Keita：晚安

這好像是我第一次對小學妹說「晚安」。

maharun♪：〔maharun♪傳送了貼圖〕

她回了一張貓在被窩裡的貼圖。太可愛了吧，喂。

第14天　「學長最喜歡哪個季節呢？」

「早安。」
「早安學長，週末謝謝你。」
「我只是跟著妳跑而已，我才要說謝謝。」
我也玩得很開心，沒什麼好謝的。
「但還是要謝謝學長赴約。」
「好啦好啦。」
星期一早上，小學妹如常出現在車站，我們也如常閒聊起來。
「最近沒那麼熱了。」
這麼說著的她今天穿了一件米黃色的開襟衫。我第一次看到她穿這件衣服，印象中連在我們實際認識前她都沒穿過。她拉長袖子遮住手的一半，弄成萌袖，可愛到令人生氣。
今天是陰天，感覺還滿涼的。我也換穿長袖的制服襯衫。對了，上週一剛因秋分放過假。已經是秋天了。

「制服什麼時候換季？」

「我不知道耶，我才一年級。」

也對。她對我雖然用的是敬語，卻總是講話帶刺，所以我很容易忘記她是一年級的學妹。但我明明稱呼她為「小學妹」。

「我覺得差不多該換了。」

「畢竟今天是九月最後一天，已經入秋了。」

「不過一放晴可能又會變熱，有時候十月也熱得像夏天。」

哇咧，說完連我自己都覺得煩。暑假時我大多都待在冷氣房裡，如果天氣那麼熱還要上學，真的會受不了。

我的心情似乎全寫在臉上，小學妹見狀便問我。

「你怕熱嗎？」

「怕。」

「怕冷嗎？」

「怕。」

「那麼，學長最喜歡哪個季節呢？」

＊＊＊

「啊，忘了說，這是『今日一問』。」

雖然這已經是今天第三個問題，但我最想知道這題的答案。

「嗯？春天吧。」

……難道他不記得我的名字嗎？居然毫不猶豫回答「春天」。害我心裡小鹿亂撞。

「為什麼是春天？」

我壓抑住內心的激動，追問學長。

「我怕熱又怕冷，一定不會選夏天和冬天。」

「是……」

夏天和冬天有很多活動，我是覺得滿開心的。

「這樣一來就只剩下春秋兩個選項。其實選哪個都沒差，但我覺得冬天的流感很可怕，所以偏好冬天結束後的春天。」

「沒有正面一點的理由嗎？像是夏天可以享受海水浴之類的。」

「我每個季節做的事都差不多……」

「但你不覺得『春天是相遇的季節』嗎？」

「我們明明在春天相遇，我卻不敢跟妳說話呢。」

學長微妙地垂下眼簾，嘆了口氣。

「啊！你後悔了嗎？」

「嗯，我後悔了。」

咦？

「我當時應該禮貌性地跟妳打聲招呼，從此維持表面上的往來就好。」

學長說著便笑了起來，他的表情和話語相反，看起來一點都不後悔，反而還很開心。

真是的，別嚇我啦。

「你好過分。」

「結果我們到了秋天才認識。『春天是相遇的季節』根本是騙人的，應該說『春以曙為佳』才對，古典文學就是正義。」（註：出自清少納言《枕草子》，意為「春天最好的時光為破曉時分」）

學長這個人，就是喜歡和人唱反調。

＃　＃　＃

認識這個學妹、開始和她聊天後，我比自己想的還要樂在其中。

我聽著自己的話語，忽然意識到了這點。

……但我個性好強，不可能告訴她這件事。我只要問她問題就夠了。

「換我問『今日一問』了。小學妹，**妳最喜歡哪個季節？**」

「學長，你知道嗎？我叫『真春』呢。」

「我不知道耶……」

「騙人，你每天用LINE，怎麼可能不知道。」

「我很抱歉。」

「好。所以我喜歡春天，和學長一樣。」

原來如此，真普通。太普通了，好無聊。

最近小學妹好像老是在整我，我偶爾也想還以顏色，藉此保全身為學長的尊嚴。所幸，她為我製造了一個好機會。

「欸。」

小學妹轉向我。

我和她四目相對。這句話該斷在哪？要沉默多久才有效果？雖然不知道自己能否思考出最佳做法，我還是努力思考。

就這麼辦。

＊＊＊

「『真春』哪——」

學長突然叫了我的名字。

如果我沒記錯，這應該是第一次。

「是、是的？」

事態緊急！他到底要說什麼呢？

「可、可……」

可？他雖然害羞卻直視著我。該不會想報之前的仇吧？他想在正常狀態下說我可愛嗎？最近，電車上其他乘客望向我們的目光越來越溫暖了，學長一定沒有發現吧？要是學長再做這種事，他們的誤解會更深喔，確定要這麼做嗎？

……唔，我太大意了。而且我不該隨便提起自己的名字。身邊的人很常喊我的名字，所以我一聽見這名字，身體就會有所反應，注意力全被對方的聲音吸引。

所以現在，學長的聲音我聽得一清二楚。

「可是仔細想想，『真春』這個詞，並不像『真夏』或『真冬』那樣常被當作普通名詞來使用。為什麼呢？」

我的注意力頓時被電車聲拉走。

哐噹哐噹、哐噹哐噹。

不好意思，這個玩笑，我聽了超生氣的。

# # #

「學長？」

咦，怎麼了？我眼前的小學妹突然變得很恐怖。

她那比我嬌小的身子，散發出一股「我很生氣」的氣場。

「不好意思，其他人我是不知道，但至少對我來說『喊我名字、直呼我的名字』這件事有重要的意義。居然把這當作玩笑來消遣，你這樣是不是太輕浮了，學長？」

「可是……」

「不要跟我說『可是』。我的名字叫米山真春。」

「那個……」

「怎麼了？」

「沒事。」

「『你沒有意見吧？』」

「沒有……」

太恐怖了。

所謂誤觸地雷就是指這種情況吧？

「學長，為了懲罰你，我要你答應我一件事。」

「什麼事？好啊，如果妳願意原諒我的話。」

「這週六你一定有空吧？我們再去『約會』吧。」

「約會啊。」

「是的，我們約好嘍。」

我望向她，剛才的怒氣已然消散，還吐了吐舌頭。

她難道在演戲嗎？連那股氣勢也是演的？咦，真的假的？我原本想調侃她，沒想到卻好像被她擺了一道。

週末要約會啊。

我心裡有點期待，不知道她會帶我去哪裡。

第15天 「學長，你有被女生捉弄過嗎？」

「早安學長，請給我糖果。」
「什麼？」
我今天也在月臺向學長打過招呼，開始聊天。
「今天起就是十月了，萬聖節要到了。」
「太早了吧？而且今天又回暖了。」
今天是久違的晴天，學長和我都只穿一件襯衫。
「迪士尼的萬聖節活動已經開始了。」
「他們靠這個賺錢，有目的才會這麼做。」
「我也是有目的才這麼做的啊。」
「妳有什麼目的？」
「跟學長要糖果的目的。」
這是謊話，我其實是想看看學長被捉弄時會有什麼反應。

學長說他討厭糖果，身上一定沒有這種東西，這樣我就有理由可以捉弄他了。
「什麼啊……」
「我正式宣告：Trick or treat！不給糖就搗蛋。」
「誰知道妳要玩這個，就算妳搜遍我全身也找不到一顆糖。」
好耶，跟我想的一樣。
「哼……那請學長向後轉。」
「妳要幹嘛？」
「我要搗蛋。」
「不，那個，等一下。」
好吧，我也不能無視學長的意願硬來。
「等就等，要等幾分鐘呢？」
我這麼問是想和平協商，學長卻嘆了口氣。
「我不是這個意思，而且我根本沒必要聽命於妳吧？」
「你要配合氣氛。」
「我才不想配合氣氛被捉弄咧。」
捉弄本來就是氣氛下的產物啊……咦，該不會？

「學長，雖然有點突然，但我要問『今日一問』。」

「什麼？」

「學長，你有被女生捉弄過嗎？」

＃＃＃

小學妹說想捉弄我，還問起我過去的經驗。

既然這是「今日一問」，我也只能誠實回答。

「沒有，我又沒交過女生朋友。」

「也是啦。」

她搶在我說完前回應。都知道了幹嘛還問我。

「那麼——就讓我捉弄你一下吧。『被捉弄』的經驗，是無法從書中獲得的喔。」

她說得……沒錯。

而且「被小學妹捉弄」這句話，也讓我產生了一絲遐想。我愣著沒回答，小學妹抓住我的肩膀讓我轉過身去。

「好，請你面向後方。」

接著——有股酥麻感沿著脊椎竄了上來。

我的身體抖了一下，腦內混雜著微妙的舒服與不適，還感覺到下半身的肌肉緊繃起來。

明知在電車上，我卻差點發出怪聲，趕緊忍住。

她說的「捉弄」就只是用手指搔我後背中央，脊椎的位置。

明明就只是這樣，但當她那細長而冰涼的手指隔著襯衫滑過我的背部，便有股未知感受在我體內擴散。

連這舒不舒服，我也無從辨別。

我只知道自己從未經歷過這種感受，還有當她對我做這種事時，我只能乖乖就範。

「學長？你還好嗎？……呵呵，你抖得好厲害，耳朵也紅了。」

「就算我叫妳住手……妳也不會聽吧？」

到底要搔多久？

「因為學長好像不討厭我這麼做。」

「我的確……嗯……不討厭，但我覺得……嗯……快不行了。」

我講話的時候不要搔好嗎？

「哇，你真的不討厭啊。那我可以放心搔了。」

「我說……喂！那裡不行！唔……！」

彷彿過了一兩個小時，她才滿意地停手。

＊＊＊

我搔了整整一站才罷手。

學長的反應比我想的還要激烈。

「學長，原來你的背這麼怕癢。」

「我本來也不知道。」

呵呵，我成了第一個捉弄學長的女生。我很高興能夠和學長一起探索連他自己也不知道的事。

學長好不容易緩過氣來，直視著我說了一句話。

「該我了，Trick or treat。」

咦？

……說起來，我根本沒想到他會對我做同樣的事。

「呃，可是現在才十月初……」

「不許妳雙重標準。」

我姑且翻了翻書包，裡面沒有糖果。

……咦，連我也要被「捉弄」了嗎？哇！

「啊，我還是用『今日一問』問一下。」

我正感到七上八下時，學長用略帶焦躁的聲音問我。

「小學妹，妳有被男生搔過後背嗎？」

這問題怎麼聽起來怪怪的？雖然內容和我剛才問的差不多，卻帶著一絲嫉妒的味道。

「沒有耶。」

我老實回答他。我沒跟哪個男生好到會這麼做。

「是喔。」

學長的回應聽起來興趣缺缺，嘴角卻微微勾起。嗯？

「換我捉弄妳了，向後轉。」

「是……」

做人不能雙重標準嘛。沒辦法，我就接受挑戰吧。

我站在原地，背過學長。還來不及欣賞窗外熟悉的街景，學長的手指就碰上我的腰際。

我忍不住發出怪聲。

「嗯……」

背上傳來令人顫慄的觸感，緩緩向我的頭頸爬升。

好癢，我終於明白學長說的「快不行了」是什麼意思。一不小心又會發出怪聲，我只好用力咬住嘴唇。

＃＃＃

我在她背部下側，後腰的位置來回搔了幾遍，小學妹頭髮下露出的耳朵隨即變紅。怎樣？很癢吧？

接下來──我想模仿她剛才的動作，一路往上滑到後頸。

想是這麼想，但滑到背部中間時，我的手指卻卡到了什麼東西。

「嗯……？」

襯衫下有一道水平扣合的帶子。這是什麼？…………呃，我懂了，她是女生嘛，當然會穿這個。

當我想到那是什麼的同時，小學妹猛然轉身面向我。她背部緊貼著車門，像是連一秒都不願再讓我碰。

她眼中含著淚水，向我抗議。

「色狼，變態。」

「……這是不可抗力。」

「都是學長的錯，你不該捉弄我。」

「是妳先捉弄我的。」

「摸人家的內衣太卑鄙了。」

「我沒想到妳會穿啊，抱歉啦。」

「我好歹也有胸部……你想逼我說什麼啊！」

「是妳自己說的……」

小學妹大呼小叫，整張臉漸漸紅了起來……在她看來，我的臉一定也很紅吧。

「總之今後禁止色色的事。」

「我會小心。」

「那就好。」

但她沒有說「禁止搔癢」，看來她應該不討厭吧。

車內的冷氣還滿涼的，我發熱的身體卻花了好一陣子才冷卻下來。

第16天　「學長的生日是幾月幾日？」

早上我在月臺等車時，突然有個冰涼的東西貼上我的後頸，我嚇到身體向後仰。會對我做這種事的只有一個人。我一轉頭，就見到小學妹右手拿著粉紅色水壺，臉上露出大膽的微笑。

「呵呵，學長早安！」

「別這樣，我會嚇到。早安。」

「我看你在發呆嘛。」

「所以妳就捉弄我？」

「我們又沒規定不能捉弄對方～」

我只有嚇到，並沒有奇怪的感覺，這點小事我就不計較了。

「好吧。」

電車來了，車門噗咻一聲敞開。我們站到老位置，小學妹便開口：

「學長，你知道嗎？我今天心情很好喔。」

「怎麼了？有什麼好事嗎？交男朋友了？」

小學妹總愛戲弄我，我抓到機會當然也要戲弄她一下。今天輪到我出擊了。

「先不論交男朋友到底算不算『好事』，總之你猜錯了。」

她巧妙地迴避攻擊，用的還是我常用的方式。

「說得也有道理。」

就算有男女朋友，也不代表時時刻刻都很幸福。

「對吧對吧～」

小學妹嘿嘿笑了起來。就如她所說，她心情真的很好。

「所以是什麼事？」

「就是啊，我早上在電視上看到……我是星座占卜第一名！」

「居然是占卜……」

「我的幸運色是胭脂色喔，你看。」

她從書包裡拿出胭脂色？燕子色？的手帕，向我展示。

「占卜這種東西很沒意義耶。」

「意義或許不大，但要做決定時很方便呢。」

她偏了偏頭，繼續說道：

「不知道要選什麼顏色時，就可以用占卜當參考。」

「喔～」

「有沒有覺得我很厲害？快稱讚我。」

「好啦好啦，很厲害、很厲害。」

「你真的很不坦率。」

「我有坦率地稱讚妳啦。」

「你這麼說，就很不坦率嘛。」

＊＊＊

「我要問『今日一問』了，學長。」

我今天沒有要問奇怪的問題。這週六——和學長約好要出去玩的日子——的計畫差不多訂好了，在那之前我想把該知道的事都先問一問。到時候會見到那兩個人，如果我和學長不知道彼此的基本資料就糗了。

「**學長的生日是幾月幾日？**」

「妳一定想說知道生日，就能知道星座對吧？」

「沒錯。」

「這個月的二十七日。」

「十月是……天秤座嗎？啊，但十月底好像是天蠍。」

「我是天蠍。」

「嗯……這個星座和帶刺的學長很合呢♪」

「……如果我是其他星座，妳也能編出類似的說法吧？」

「不不，我真的覺得很合。」

「不可能，我不相信。」

「是說你生日快到了耶，學長。嗯，你要十七歲了吧？」

我現在十五歲，這樣推算起來應該正確。

「對，還不能投票。」

「是的。讓我幫你慶祝吧，請你吃糖。」

「居然不是蛋糕而是糖。妳知道我討厭糖吧？」

「我會把糖像雨霰一樣撒在你頭上。」（註：日語的糖果與雨同音）

我一回神才發現自己說了個諧音笑話。我自己原本不常玩這種文字遊戲，大概是被學長影響了吧。

「這是在整我吧？還真的有一種點心叫『霰』耶，雛霰之類的。」

「那我連霰也一起給你，真的糖如雨下。」

「我已經不知道妳在說什麼了。」

「我也是。總之我會幫你慶祝一下。」

「不知道為什麼我不是很開心。」

「我會誠心幫你慶祝的。」

「那就等妳嘍，我不期待就是了。」

啊，對了，天蠍座的排名是……我記不得十二星座所有的排名，所以看了一下剛剛用手機拍的照片。

「話說回來，學長，天蠍座今天的運勢是第八名，不上不下。」

「已經很低了，底下還有人比我更低，這個排名超尷尬的。我聽了該有什麼反應？」

「這個反應很好啊。」

呵呵呵。

「妳笑什麼？」

「我們的名次相減是幸運數字七，可能代表我們今天的關係很幸運。」

「這想法真有創意，但什麼叫關係很幸運？」

「我猜會有好事發生。」
「具體來說是什麼？」
「我會送你糖果。」
「我不需要。」
「下雨我會幫你撐傘。」
「我有帶摺傘。」
「我不會捉弄你。」
「今天一見面妳就捉弄過了！」
「大概就這樣吧。」
「那就跟平常一樣了啊。」
說不定日積月累的「平常」就是幸運喔，學長。

＃　＃　＃

「剛剛忘了問，**妳是什麼星座？**『今日一問』。」
「我是射手座，十二月十二日生。」

「還真對稱。」

那麼對稱的日子，怎麼會生出如此狡猾的女孩呢……

「在學長隔壁♪」

「隔壁……？喔，星座啊。」

生日分別在十月後半和十二月前半，星座卻相鄰。這般關係就像現在忽遠忽近的我們。

「不過怎麼偏偏是射手座和天蠍座……」

「怎麼了？」

「沒什麼。」

偏偏小學妹是射手座、我是天蠍座，如果反過來還好一點。

這雖然還稱不上命運的惡作劇，但若仔細一看，世上的事物有時真的會有驚人的巧合。

「咦～我很在意耶。」

「就說沒什麼。」

即使我別過視線，小學妹還是緊盯著我，我根本無法避開她的目光。

「告訴我嘛。」

「不行不行。這麼想知道，就用『今日一問』問我。」

「今天的提問權已經用完了。」

「那就別問，明天再問。」

「明天我就不想知道了啊。」

「所以這件事不重要。」

小學妹氣到變臉，開始威脅我。

「快告訴我。如果你不告訴我，我就要再搔你癢。誰教你不聽話，討厭……」

小學妹抓住我的肩膀，想讓我一百八十度轉身。

但因為是在電車上，她並沒有太用力。

「快點，學長。你快投降吧。」

「好啦好啦，我說就是了，放開我。」

比起說實話我更討厭被搔癢。雖然有點害羞，但我還是舉白旗投降。

「妳懂星座嗎？」

「不太懂。」

「我想想，那妳知道天蠍座的α星嗎？」

「名字嗎？好像叫心宿二吧。」

「對，妳知道嘛。」

畢竟我們國小都有學。很多人背誦夏季大三角的織女星、牛郎星、天津四之餘，也會記得這顆星。

「那射手座的α星是什麼？」

「誰知道。」

「……算了。所以心宿二和學長要說的事有關嗎？」

噴，我原以為話題會就此岔出去，沒想到她又拉了回來。

「算是有關吧。」

不只有關，還是核心……因為它是天蠍座的心臟。

「呃，我們剛剛聊到射手座和天蠍座是鄰居嘛。」

「是的。」

「妳知道射手座呈現什麼姿勢嗎？」

「嗯……應該是『好痛』這樣吧。」（註：日語射手和好痛同音）

她按著額頭，做出撞到頭的姿勢。

「怎麼可能。」

「不是啊？」

「不是。射手指的是射箭的人，所以是拉弓的姿勢。」

嚴格來說是人馬，但這和正題無關，就不提了。

「喔。」

「而他瞄準的是——」

「天蠍座嗎？」

她反應很快……嗯？這樣一來，我好像可以含糊帶過？

「沒錯。射手掌握了天蠍的生殺大權，就像我們的關係一樣。」

「也就是說，學長不敢違抗我嘍？」

「這段話也是妳逼我說的啊。」

「是喔？」

小學妹一個眼神就讓我寒毛直豎。

「所以你要說的就只有這樣？還好我沒有用『一問』。」

「我就說吧。」

她沒有用「一問」，我也鬆了口氣。

其實這段話還有後續。射手那把弓瞄準的，是夏季低垂的夜空中發出閃耀紅光的——天蠍的心臟（心宿二）。

這就像小學妹想要奪下我的心一樣——我不敢這麼對她說，說了我肯定會羞憤到在床上打滾，好險好險。

第17天　「學長是什麼血型？」

「早安學長。」

「嗯，早安。」

我如常地和小學妹打過招呼。我已經很習慣像這樣和她對話，不知道是好還是不好。

「今天天蠍是第一名呢，恭喜。」

「妳每天都會看星座？」

「對，幾乎都會。」

「是喔，那射手座是第幾名？」

「唔唔……別問了啦，是第十一名。」

「和我合起來是111耶，很酷。」

「111既不能叫警察，也不能叫消防隊……」

「那111是什麼電話？」

「要試試看嗎？」

小學妹說著就拿出手機。

「等一下，如果是緊急電話怎麼辦？」

「有可能耶。」

萬事問Google。我看看，原來如此。

「網路上說是靈異電話。」

「什麼意思……」

「哎呀，就打打看嘛。」

「我才不要打靈異電話，要打學長自己打。」

「最初提到電話的是妳耶。」

「而且電車也快來了。」

「打一下很快啦。」

「……好吧。我相信你，學長。」

她的手指在撥號畫面上點了幾下，接著將手機抵上耳朵。

「……嗯？他說『通話測試結束』耶。」

咦，奇怪？

「你聽。」

小學妹將手機湊到我右耳旁邊。

等等，手機靠近我就好，不要連臉一起靠過來，我會緊張。

……嗯，電話另一頭真的說「通話測試結束」。但根據我查到的資料，這組號碼應該會再回電過來，測試撥號者的電話能否接通。

居然結束了。怎麼會？手機沒有這個功能嗎？

「哪裡靈異了？」

「……不知道耶。」

電車這時剛好進站，我們便一同上車。

＊＊＊

學長唸出他用手機再次查詢的結果。

「——某些機型的手機會接到回電，有些人誤以為那是鬼來電，所以有此一說。」

「喔，原來通話測試是這個意思。」

不過這種事不重要。

「言歸正傳。昨天聊過星座，今天我們來聊血型吧。」

「又要聊玄學的話題了嗎……」

這些都是基本資料吧，也會寫在自我介紹上。

「『今日一問』，**學長是什麼血型？**」

「O型。」

哇，真意外。

「但你個性很認真耶。」

「不行嗎？」

「沒有，只是O型給人的印象比較懶散，我還以為你是A型。」

「印象不等於事實。」

「好啦好啦。」

啊，可是。

「你週末起得很晚這點，確實滿懶散的。」

這就是事實了吧，嘿嘿。

「妳管我。我也要問『今日一問』。」

「請問。」

「**小學妹是什麼血型？**」

「你覺得呢？」

「喂，妳要我猜嗎……」

猜一下又不會怎樣，反正我還是會回答。

「嗯……那……我猜AB型。」

「咦？答對了。」

「好耶。」

他竟然一次就猜對這個四選一的問題，我嚇了一跳。

「……你怎麼會知道？」

「一方面靠直覺，另一方面，如果妳是剛剛提到的那兩個血型之一的話，應該會有點反應，但妳沒有，所以我就從沒提到的血型裡選了一個。」

「什麼叫有點反應……」

「看就知道啦。」

學長竟然一臉驕傲……不過，這樣我也成為他的觀察對象了吧，嘿嘿。

「所以學長是O型，我是AB型。」

「幹嘛又複習一遍？」

「我在想，學長可以輸血給我，但我卻不行。」

「就連這點我也被妳騎在頭上……」

「請別說這種容易引人誤會的話。」

學長說了聲「對了」後轉向我。

「妳捐過血嗎？」

「沒有。我的年紀應該還不行吧？印象中只有大人才能捐。」

「好像十六歲就能捐了……也對，妳才十五歲。」

「學長有捐過血嗎？」

「沒有。」

喂，是你開啟話題的，你卻沒捐過嗎……對了。

「等我十六歲再一起去捐吧。」

我們之前去的電影院附近好像有個捐血中心。

「一起捐血是什麼概念？」

這就叫捐血約會吧。可能沒什麼人嘗試過，但感覺很有趣。

「你不喜歡嗎？」

「也……不是不喜歡。」

「那就這麼說定嘍，期待那一天。」

「好。」

＃　＃　＃

我們聊著聊著，不知為何就約好要一起去捐血。小學妹過完生日是十二月，寒假再約也可以。

當我愣愣地想這件事時，小學妹忽然投下一枚震撼彈。

「……我們的小孩應該是A型或B型吧。」

「小、小孩？」

「是的，之前生物課才學過。O型的基因是ｉｉ，我的基因則是A或B，所以我們的小孩會是A或B型。」

我回想了一下，去年確實學過「血型的遺傳」。

可是，那個、那個，為什麼要討論我們會生出怎樣的小孩呢？這話題對我這種純情的男高中生來說太刺激了。

我瞄向小學妹，她一臉若無其事，我卻害羞到不敢和她對到眼。

「對啊，我們的基因合起來會是Aｉ或Bｉ。」

看來她還不曉得自己說的話有什麼問題。該讓她體會一下我感受到的這種難以言喻的尷尬感。

「我說，小學妹啊。」

「是，怎麼了？」

「妳知道自己在說什麼嗎？妳提到我們的小孩，我認為……呃，這個話題有點微妙，或者應該說敏感。」

「什麼？」

她疑惑地偏頭，看起來毫不知情。

長長的睫毛在澄澈的眼珠前眨了幾下。

然後——整張臉紅了起來。

「我、我不是那個意思！我只是基於學術上的好奇心，思考我跟學長如果有小孩會怎麼樣而已！……學長是色狼！變態！好色之徒！怪人！呃……笨蛋！」

哇，她罵得好凶。

「學長為什麼要說那種話？人家明明認真在討論，討厭……之前不是說過禁止色色的事嗎……」

看來她真的沒有想太多。

「你都亂教我一些色色的事，你要為此負責。」

「什麼啦……」

「快點向後轉。」

她像之前一樣讓我轉過身，用手指滑過我的背部。

我的腰際發顫，後頸有股莫名的觸感一路竄升至頭頂，喉嚨差點發出怪聲。

「好了……我原諒你。」

「該道歉的不是妳嗎？」

「你不在意吧？」

「呃，對啦。」

這世界真不公平，為什麼我要忍受她搔我癢？

「……不過，如果我外遇了，很容易被發現耶。要是生出ＡＢ型的小孩就糟了。」

我差點噴笑出來，小學妹卻滿臉通紅。

「妳幹嘛自己說這種話……」

「因為學長為難我，我要報仇。」

我今天明明沒有做錯事。

我望向害羞的小學妹，她那豐潤美麗的雙唇映入我眼中。可能因為剛聊過那種事，我心裡有股奇妙的感受。

不能再看下去了。我撇過頭，拿出書來。今天就聊到這吧。

……每次翻頁時，我的視線都不自覺地飄向她，根本看不下書。

第18天　「學長，你會看手相嗎？」

明天那場約會確定會和「他們」同行。
我已經告訴他們「我會帶學長去」，好緊張喔。明天必須和學長牽手吧。
他們兩個一定會十指緊扣，那我可學不來。
不過就算不能十指緊扣，我也要先練習一下，不然我的心跳會失控。
所以——今天我想了個好問題，可以握到學長的手。
我站在車門旁的老位置，向學長提問。
「『今日一問』。**學長，你會看手相嗎？**」

＃　＃　＃

「不會……妳也太愛占卜了吧？」
星期五終於來了。我還在想她今天要問什麼，沒想到又和占卜有關。問完星座、血型，這次換手相。

「這是常識。」

「哪個世界的常識？」

「我身處的世界——別提這個，快給我看一下你的手掌。」

這沒什麼好拒絕的，所以我伸手朝向小學妹。

「……學長。」

「嗯？」

「不是這樣，這是比大小的手勢。」

我做出類似揮手的姿勢，將手舉在面前，但這似乎不是她要的。

不過她並沒有修正我的動作，反而將自己的手貼上我的手掌。

她的手比我小一圈，白皙而柔軟。她的體溫傳了過來，逐漸溫暖我的手。

「哼……男生的手果然比較大……」

即使小學妹用力張開手掌，我們的大小差距還是一目了然。

「不對！我要看你的手相。」

小學妹回過神來，雙手拉住我的手，讓我掌心向上。

「嗯，這是生命線。」

她用左手抓著我的手，右手手指滑過我的掌紋。第一條是虎口向手腕延伸的線，原來這是生命線。

「而這是智慧線……學長岔成兩條耶。」

第二條在生命線上方，從食指下方延伸至小拇指根。

這時出了點狀況。小學妹的指甲緩緩滑過我的手掌，讓我癢到不行。

「那個……」

「……怎麼了？」

「我很癢。」

「我在搔你癢啊。」

「原來如……咦？」

我將目光從手掌往上移，她得意洋洋地吐了吐舌頭。

「最後是感情線。」

她不肯放開我的手，繼續滑過和智慧線平行的那條線，使我一陣顫慄。

「學長這樣就覺得癢啦？你真的很怕癢呢。」

「我才不怕癢。」

「是嗎？那這樣呢？」

她不再管掌紋，伸出五根手指搔刮我的手掌，我嚇到腰桿縮了一下。

「喂！」

「哈哈，抱歉。」

「妳一點都不覺得抱歉吧？」

「我有啊。」

「唉……算了。妳從我的手相中看出了什麼？」

給她看手相還付出被搔癢的代價，當然想知道結果。

「咦？啊……看出……學長就是學長！」

她想靠氣勢蒙混過關，但我可不會輕易放過她。

「我看啊，小學妹，妳根本就不懂手相吧？」

「唔……」

不回答就是承認嘍？這樣我就能名正言順報仇了。

「『今日一問』，**我也能看看妳的手相嗎？**」

「那個，學長。」

「放心吧，我只會做妳做過的事。」

我要懲罰她假看手相之名，行搔癢之實。我不甘被她玩弄於股掌。

好，首先要抓——抓住她的手。我很清楚這不是牽手，但心裡還是有點緊張。畢竟我從來沒有主動抓過女生的手。

仔細一看她的手，手指細長，指甲小而呈現漂亮的粉紅色，我腦中閃過一絲擔憂，怕太用力會捏壞她的手。

我左手輕輕抓住她的手，右手輕輕搔了起來。

……認真搔了一會兒後，我抬頭見到小學妹臉都紅了，看來這懲罰應該有一定的效果。

當天晚上小學妹傳LINE給我。

這週一我被迫答應跟她「約會」，她傳訊息來告訴我時間地點。

maharun♪：明天十二點半在日枝站見！

Keita：日枝站……妳要帶我去哪？

maharun♪：敬請期待

Keita：又來了

maharun♪：啊，對了

maharun♪：明天我朋友也會來

maharun♪：你要和他們好好相處喔，學長

第18天
「學長，你會看手相嗎？」

咦，小學妹的朋友要來？我不認識吧？咦，等一下，這超重要的吧，喂！
怎麼辦，順其自然嗎？

第19天 「學長，你覺得今天如何？」

今天是週六，這是我，呃，第三次週末沒有在家耍廢。

小學妹今天又逼我和她約會。

她指定的集合地點日枝站附近，有一所我志願中的知名綜合大學。我查了一下，他們今天有校慶活動，她可能想去參加吧。

＊＊＊

「你總是習慣早到呢，學長。等很久了嗎？」

我抵達日枝站走出剪票口，隨即見到學長站在牆邊看書。

「我等到都在看書了。」

學長講話一點都不浪漫，還好我本來就不期待。

「這樣啊，誰教學長這麼早到。」

「我自己也知道。」

「但早到一點也好。」

說完，我環顧四周……他們還沒來。

「我朋友還沒來，學長可以繼續看書。」

「等一下要和新朋友見面，現在看書不好吧。」

「那你剛剛怎麼在看書？」

「我想說妳會叫我啊。」

學長也太信任我了吧。

我們聊著聊著，下一班車就進站了。

……啊，他們來了。

# # #

「小霞～」

身旁的小學妹忽然大喊一聲，用力揮動手臂，害我嚇了一跳。走出剪票口的人潮中，有個女生聽見聲音轉向我們。

「啊，妳已經到啦？真春。」

「嗯，還好有看到妳。」

打扮不輸小學妹的女生走了過來，她的左手和身旁的男生緊緊相繫。那個男生的頭髮有用髮蠟抓過，和衣著只求整齊的我天差地別。

那個，我可以回家了嗎？我鬥志盡失。

「話說，妳怎麼突然說要『雙對約會』呢？」

果然。還好我早有預感，才沒有嚇到叫出聲來。

「真春好見外喔，有男友也不早點跟我說一聲。」

「好啦，之後再聊。先參加校慶吧。」

小學妹說完拉起「我的手」，邁開腳步。那對情侶跟在我們後頭。

……我懂了。昨天聊手相聊得很不自然，原來她的目的是這個。

周圍人潮眾多，我只要小聲一點，後面兩個人應該就不會聽見。小學妹手掌的柔軟觸感令我想起昨天的種種，我壓低音量問她。

「喂，這是怎麼回事？」

「什麼怎麼回事……就出來玩啊，只是多幾個人而已。」

小學妹在我耳邊說話，讓我覺得很癢。

「不，我是問，為什麼是雙對約會？」

「……我和學長出來玩是約會吧？」

「是沒錯。」

嗯，這點我同意。

「小霞他們情侶倆出來玩，也是約會吧？」

「一般來說是沒錯。」

「約會加約會，不就是雙對約會嗎？」

「不不不！」

我不禁提高音量。幸好這句就算被聽見也不會怎麼樣。

「還是——學長想開後宮，被三個女生包圍呢？」

「我才不要。」

「我也不想被三個男生包圍啊。」

「什麼包圍……」

我才不想捲入小學妹的愛恨情仇，若發生那種事，我應該會第一個退出……嗯？對了。

「只有我們倆不行嗎？」

「哎呀，你想和我獨處嗎？」

她的聲音帶著挑釁，還比平時更靠近我，害我抖了一下。

「很可惜，今天的活動有人數限制，要四人一組。」

「才不可惜。」

「好吧。」

「……嗯，雙對的原因我明白了，但為什麼我們要牽手？」

小學妹瞄了眼後方，回了一句。

「他們在牽手，感覺我們也該牽一下。」

「什麼都靠感覺，就不需要邏輯和道德了……」

「哎呀，這樣也很好嘛。」

「我很緊張耶。」

我向小學妹抱怨，她將視線從我身上移開，喃喃說了句。

「我也很緊張。」

喂，妳突然嬌羞地這麼說，會害我心跳加速好嗎？

請住口，不對，呃……嗯……請顧慮一下我的感受。

學長還是這麼口是心非，呵呵呵。

＊＊＊

……就是這間教室吧？教室外貼著宣傳海報。現在還有點早，但應該可以報到了。

「不好意思，我是maharun，我預約了一點的場次。」

「您的暱稱是maharun嗎……好的，四個人都到齊了嗎？」

「對，都到齊了。」

「好的，請在這邊稍等一會兒。」

我和工作人員交談完後轉向後方。

「就是這樣，要等一下。等待過程中，請學長先介紹一下自己。」

「啊，你們都互相認識嗎？」

「是的。」

我昨晚已經預告過，學長應該有心理準備才對。

＃＃＃

她要我自我介紹？好吧。

「啊，好的。呃，是她邀我來的。我是二年級的井口，請多指教。」

「同校的嗎？」

女生看了小學妹一眼，向她確認。所以這花枝招展的女生也是我學妹嗎？唉，真麻煩。

「嗯。」

我很少聽見小學妹用平輩語氣說話，感覺很新鮮。

「那你比我們大一歲嘍？我叫杉山霞，和真春同班，而他是……」

「對學長還是用一下敬語吧，霞。我也是一年級，和她一起來的，我叫池內海斗。學長，請多指教。」

杉山學妹和池內學弟，好，只有兩個人我應該記得住。

「為什麼啊？阿海。這個人很沒精神耶。」

「別在他本人面前說這種話。」

「咦？他連回話的精神都沒有呢。問他些問題吧，阿海。」

這女生個性好像有點古怪？

她將手往上舉，用力揮了兩下後向我提問。

「哈囉哈囉～井口學長……你的姓好難唸喔，可以告訴我們你的名字嗎？還有你是在哪認識真春的？」

「電車上，不，在月臺上認識的。」

「我們是在電車上認識的啦，然後學長的名字是慶太。」

「這樣啊，你們很有默契呢！」

呃，有嗎？

「是誰先搭訕的呢？」

「我。」

「喔，跟我想的一樣。慶太學長感覺就很膽小。」

妳管我……是說，連小學妹都隔了三天才問出我的名字，這女生卻馬上就問出來，讓我心情有點複雜。

奇怪？聽到杉山學妹叫我「慶太學長」，我卻一點也沒心動。她明明也是女生啊，怎麼會這樣？差在氣勢嗎？

「是誰先告白的呢？」

當我還在思考時，她就問了下一個問題。這問題不太妙。

……小學妹瞄了我一眼，是要我回答嗎？

為什麼我們要假裝是情侶？這太奇怪了吧。還被追問認識和告白的經過，根本沒有那種東西。

我想出聲抗議，卻又沒有勇氣，只能曖昧地回應。

「嗯，這個嘛……」

「真是的，學長。你上週明明那麼深情地說『我喜歡妳』。」

什麼？……喔，那是模仿「笨蛋情侶」的時候說的，不要扭曲事實……不對，她說的也算事實。

「呵呵，原來如此、原來如此，你們感情很好呢。」

杉山學妹問完這些後，轉向身旁的池內學弟。

「阿海，我也要聽。」

「好啦好啦，最愛妳了。」

哇，這回答乍聽之下很隨便，卻飽含愛意。這就是真正的情侶。

他還自然地摸了摸杉山學妹的頭，學妹則一臉愉悅。

「唔呼～你們都去哪裡約會呢？」

連這也要回答？當我心情越來越沉重時，聽見了救世主的聲音。

「……不好意思，久等了。現在已經一點，可以開放進場。進場前請容我提醒各位幾件事情。」

工作人員開始向我們說明。

「感謝各位來參加我們的活動『密室逃脫就此展開』，簡稱『逃開』。這場活動以四人為一組進行解謎，目標是從密室中逃脫。」

喔，是解謎遊戲啊，好耶。但表現得太開心會讓她稱心如意，身旁又有新朋友，所以我裝作不在意。嗯，聽到校慶我還以為是要吃吃喝喝，沒想到還有這種活動。

原來是我們四個一組啊……沒問題嗎？杉山學妹看起來超緊張的。總之好好加油吧。

遊戲拉開序幕——應該說「關上大門」後，我發現杉山學妹表現得很好，小學妹也很會掌握狀況、下達指示，我們兩個男生主要負責體力活，最後順利逃脫。

大學的校慶活動果然辦得特別用心。雖然是學生辦的，卻一點也不輸上週那場專業公司辦的解謎遊戲。

「我們成功了！」

「好耶。」

小學妹和杉山學妹說完，男生們卻沒有餘力回應。遊戲中有一關要堆起沉重的箱子解開謎題，可把我們累慘了。

「去吃飯吧，我好餓喔。」

「啊，贊成～」

「妳們都沒在動……」

「我們有動腦啊。」

「好啦好啦，我先去上個廁所。」

「你還是別跟真春往來比較好，學長。」

我站在小便斗前，隔壁的人對我說。是池內學弟，他怎麼突然說這些？

「什麼意思？」

「別跟她談戀愛。我從國中就認識她了，她不是個好對象。」

「喔……」

反正我們也不是真的男女朋友。算了，聽聽看他怎麼說吧。

「真春什麼都想嘗試一下，無論興趣、遊戲——還是人。」

我和小學妹還不太熟，但感覺起來，她確實什麼事都做得很好。

「所以她很容易膩，興趣很快就轉移到下一個目標上。」

我們倆都尿完了。

但總覺得在他說完之前，我不能擅自離開小便斗。

「實際上，我跟她有一陣子走得很近，國二的時候。」

「是喔。」

我想像了一下這男生和小學妹走在一起的模樣……嗯，心底不知為何有種不爽的感覺。

「是我先告白的，她沒有明確答應，但似乎也對我有意思。」

「喔。」

「我們放學後約會、假日也約會，後來她就把我甩了。每一個追求她的男生都是同樣的下場。」

太慘了吧。

「學長，你和她約會過幾次？我猜她沒多久就會甩了你。」

「……十五次左右吧。」

「什麼？」

池內學弟驚訝地張大嘴巴。

「我是照她的定義算的。」

學弟還在目瞪口呆，我逕自走向洗手台，嘿嘿。

「十五次？學長，你在開玩笑吧？如果是真的，就破紀錄了。」

「破什麼紀錄啊……但若是像樣的約會，這是第三次。」

「那也很厲害。」

「是嗎？」

「……學長，你滿有趣的。可以跟你交換聯絡方式嗎？」

他這說法感覺有點失禮，總之我的LINE好友裡又多了一個人。

我們在校慶的小吃攤吃過午飯，逛了一下後，就搭電車回家。

學弟妹在途中下車，剩我和小學妹同路。

「『今日一問』。**學長，你覺得今天如何？**」

小學妹自然地走向老位置，但她看起來有些不安。

「什麼如何？」

「那兩個人啊。」

「我不知道妳為什麼邀那兩個人，但還算滿開心的吧。」

開心是事實，但就這麼老實告訴她，我又有點不甘心。

「呵呵，那就好。」

她隨即抬起頭，露出迷人的笑容。

「**那妳覺得今天怎麼樣？**『今日一問』。」

「我也很開心，因為可以觀察到慌張的學長。」

對了，她的興趣是觀察人類，這是她自己說的。

「妳啊……」

說到底，她也許只是在玩弄我也說不定。

第20天 「你們聊了什麼？」

今天是假日，十月六日，星期日，早上十點半。平常這個時間我才剛下床做點正事。

今天的我卻不同。我早就醒來，不只下床，還已經走出家門。

因為昨晚我收到了幾則LINE訊息。平常都是小學妹傳訊息給我，但這次不是。

……這次不是學妹，而是學弟。

池內：我是池內，今天謝謝學長，我玩得很開心

池內：雖然有點突然，但想問一下

池內：學長明天早上有空嗎？

池內：方便的話，我想跟你多聊聊

沒錯，約我的人是昨天認識的學弟——池內。應該不會聊太久，所以我沒理由拒絕他，也可以趁此機會探聽他人眼中的小學妹。

「啊，學長午安，昨天謝謝你。」

「你好。對我這種懶鬼來說，現在還是早上啦。」

學弟跟我約在離學校最近的車站，他穿著制服瀟灑現身。

「……我有點好奇，你為什麼穿制服？」

如果他說待會兒要進學校我可就沒轍了，因為我隨便穿了件便服就來了。

「啊，制服嗎？我待會兒有社團，我是曲棍球社的。」

「原來如此。」

「學長剛剛有什麼活動嗎？」

……喔，我剛剛從日南川站走過來，可能被他看到了。算了，這也沒什麼好隱瞞的。

「我都搭那條線，濱急線。」

「哇，好少見喔……原來是這樣啊。」

池內學弟了然地點了點頭。他明白什麼了？我疑惑地望著他，他感覺到我的視線便向我說明。

「沒事，我只是想到真春也搭濱急線。」

「對啊，我們搭同一條線。」

「那我就從這點開始問好了。嗯，去麥當勞聊可以嗎？」

這座車站前面有麥當勞和星巴克。我們都是男生，去便宜的麥當勞就好。

「我要咖啡和……蘋果派。」

我在櫃臺接過我常點的組合，和池內學弟面對面坐下。

「呃，在進入正題前，我想先為女友道歉，她昨天一直沒用敬語。」

學弟單手拿著漢堡，向我低下頭。這個人真有禮貌。

「沒關係啦，我不在意。」

我雖然覺得她有點豪放，但也真的不太在意這種事。

「那就不提我女友了，來聊聊學長的女友吧。」

她不是我女友，我們沒有交往——我該這麼說嗎？

反正我們遲早會聊到這件事，現在暫且不提。

「話題換得真快。」

「我社團十二點要集合，我們趕快聊一聊吧。」

原來如此。

「學長，你怎麼會認識真春？」

我昨天就發現了，他總是稱呼小學妹為「真春」。我理智上知道直呼朋友名字一點都不奇怪，心中仍湧出不知是自卑還是嫉妒的情緒，理性和感性在我體內混合成一股奇妙感受。

「你可能也猜到了，我們是在電車，應該說車站月臺認識的。」

「我記得是她向你搭話的，她對你說了什麼？」

「我東西掉了，她幫我撿起來，說『你掉了這個』。」

不對，為什麼學弟要盤問我和她的認識經過？

……我明知道他會這樣還傻傻赴約，我也有問題。

「還滿老套的嘛。」

「嗯，我自己說完也這麼覺得。」

「是學長先告白的對吧，你喜歡真春哪一點？如果你覺得她很親切，我可以告訴你，當她對你失去興趣時你就不會這麼想了。」

「畢竟你是過來人。」

「是真的，像昨天她和我就只有事務性的對話。」

學弟說他們國中時走得很近，已經過了那麼久，他看起來仍耿耿於懷。

好，要坦白就趁現在吧，是時候驗證一下他說的話。

「呃，老實說，我跟她並沒有在交往。」

「什麼……？」

「我跟小學妹——真麻煩，叫她米山好了，我們並非男女朋友，我也沒向她告白過。」

「你們感情明明那麼好。」

「原來我們看起來感情很好。」

「是的，你是我目前看過跟她感情最好的。」

「……這麼誇張？」

真的假的……池內學弟說的話到底有幾分可信？

「不對，我想錯了。可能因為你們沒在交往，你也不打算和她交往，才能和她一直這麼要好吧？」

「我也不知道。」

「是嗎？不過學長，你這個人真的很有趣。」

「小學……米山也常說我很有趣……」

聽我這麼說完，學弟表情有些不悅。他可能不喜歡被拿來和小學妹相提並論吧。

「那你怎麼會跟她約會？」

「約會是她說的，她甚至還拿出字典向我證明，無論有沒有談戀愛，男女一起外出就是約會。」

「咦咦……原來約會是這個意思啊？」

「不要問我，去查字典或自己問她。」

「我沒有字典，很貴耶。」

誰在跟你討論這個。

「所以昨天說的『十五次』是……」

「沒錯，從我們認識以來的上學時間也包含在內。」

「咦？等一下。學長，你每天都和她一對一聊天嗎？已經十五天了？」

「對。」

「這才是最奇怪的！」

池內學弟雙手拍桌，站了起來。有這麼奇怪嗎？

「真春是不是會問你一大堆問題？」

「嗯，會啊。」

「她最後問你的問題是什麼？」

最後……最後？撇除昨天和前天的問題，再之前是……呃。

「好像是血型。」

「……學長，我沒辦法再更驚訝了。」

「什麼？」

「我向她告白後，她馬上詢問我生日、血型之類的基本資料，但我們完全聊不下去。她好像很快就對我失去興趣，把我給甩了。」

池內學弟聲音中帶著些許懊悔。

「相較之下，學長呢？都十五天了她卻只問到血型，太奇怪了吧？你們甚至還沒開始交往。真不知道你和真春的腦子怎麼了。」

「腦子……很正常啊。」

「正常的話你們的關係不會持續那麼久。」

他說得斬釘截鐵，而且語速很快。

「喔。」

「你乾脆跟她交往算了，學長。真春只要不說話，就是個好對象。她長得好看，胸部又大，跟學長也很聊得來吧？」

我聽完後皺起眉頭。

「這跟你昨天說的完全相反吧？」

「眼看老朋友終於能得到幸福，我當然想助她一臂之力。」

什麼老朋友，受不了，你以為你是她的誰？

我沉默了一會兒，嚥下複雜的情緒，池內學弟接著問了一句。

「……你該不會有其他女友吧？」

「怎麼可能。」

我或許只是在固執己見，但我有時候就是想堅持自己的想法。

「唉……老實說，我是我們高中的學生會長……」

我告訴他基於校規，我不打算和任何人交往。上次對小學妹說這段話感覺是好久以前的事了。

「原來如此，我明白學長的意思。」

而且我依然不懂什麼叫戀愛、什麼叫喜歡。

「但我還是想對你說，請『不要』讓她——讓真春對你感到厭煩。」

「什麼？」

「我昨天也說過，她對任何事都很容易膩，卻還沒對你厭煩，可見學長也是個怪人。」

「講話客氣點。」

「抱歉，但正因為學長與眾不同，我才想拜託你。請不要讓她再感到寂寞或不幸，請讓她深深著迷於你。」

池內學弟直視我的雙眼，如此說道。

「聽完學長的話，我漸漸明白這和談不談戀愛沒有關係。由我來拜託學長好像也很奇怪……就當我代表她所有老朋友拜託你，請你繼續陪在她身邊。」

這感覺還不差……但他說要當老朋友代表，聽起來很怪就是了。

「你願意嗎？」

我也不知道該說什麼，最後習慣性地回了個不置可否的答案。

「喔……」

「嗯，很高興能跟學長聊天。真春就麻煩你照顧了。」

我只回了一聲，池內學弟就認為我答應了。他揹狀似裝有衣服的背包，拿著自己的托盤瀟灑離去。

maharun♪：「今日一問」

我回程走出電車時，手機收到通知，是小學妹傳來的訊息。

maharun♪：**你和池內同學聊了什麼？**

Keita：咦

她怎麼知道？

maharun♪：我聽小霞說

maharun♪：你們單獨見面

Keita：我們在聊妳的事

maharun♪：哇

maharun♪：學長連週末都在想我啊

maharun♪：謝謝

Keita：我們昨天明明就有見面

maharun♪：昨天是昨天，今天是今天

Keita：少在那邊製造金句

maharun♪：有什麼關係

maharun♪：你們只聊了我的事嗎？

呃，我們還聊了什麼？感覺話題大多都繞著小學妹打轉。

Keita：我想想

Keita：還聊到他是曲棍球社的

maharun♪：哼～

maharun♪：哼哼～

嗯？她好像心情不錯？這串文字看起來就像在哼歌。

Keita：**那妳今天做了什麼？**

Keita：啊，這是「今日一問」

maharun♪：我正在和小霞吃飯

Keita：是喔

Keita：有聊到我嗎？

maharun♪：哎呀

maharun♪：你好奇啊？

Keita：沒有

完了，我自掘墳墓。我彷彿看見小學妹在畫面另一頭奸笑。

maharun♪：是喔～

maharun♪：我們都在聊學長喔～

Keita：喂

Keita：講清楚一點

maharun♪：我不要

maharun♪：這是女生的聚會呢

這什麼理由。

maharun♪：這些都無所謂啦

maharun♪：明天就能見面嘍，學長♪

這麼說來，我這兩週每天都會見到小學妹。

才一天沒見到她，我就覺得好像少了什麼。她的話讓我注意到自己內心的想法。而明天就能見到她，這讓我有點，只有一點點，期待週一的到來。我想這並不是戀愛。

我只是——覺得和她聊天很開心，僅此而已。

第21天 「猜猜我是誰？」

週末發生太多事，老實說我的腦子還轉不過來。但時光匆匆，週一很快就來了。

「猜猜我是誰？」

我像平時一樣站在月臺忍著呵欠，身後忽然傳來一道聲音，同時有一雙手從左右環住我，用白皙的手掌遮住我的眼睛。

對方微彎手指以免碰到我的眼鏡，我因而得以透過縫隙看見前方。冰涼的指尖碰到我的額頭，手腕碰到我雙眼下方，那股觸感比視線被遮蔽更教我慌張。

我當然知道她是誰，聽聲音就知道了。

這樣雖然有點煩，但還看得見前方，搭電車也不成問題。比起直接回答，不理她看她作何反應好像比較好玩，於是我選擇保持沉默。

「……我第一次跟你玩這個遊戲，就不能回答我一下嗎？」

無視。

「回我『不知道』也好。」

無視。

「真受不了你耶，學長。我要用『今日一問』。」

啊，這下就不能無視她了。我感覺到她靠了過來，在我右耳邊低語。

「**猜猜我是誰？**」

＊＊＊

「好啦好啦，妳是小學妹。」

每當我在學長的耳邊說話，他都會嚇一跳。看來他的耳朵也很怕癢。總覺得他這樣有點可愛。

電車終於來了。我們上車走到老位置。

「我們不是才在LINE上聊到『今日一問用得太隨便』嗎？」

「對。」

「妳為什麼又浪費一次？『我是誰』這種問題，答案根本只有一個。」

「如果是別人，你要怎麼辦？」

「都說出『今日一問』了，怎麼想都是妳吧。」

「……說得也是。」

「妳怎麼現在才一副恍然大悟的表情……」

「我現在才發現嘛，有什麼辦法。」

「喔……好吧。那妳幹嘛問我『我是誰』？」

好，學長總算認真問我問題了。我面向學長露出一個大大的微笑。只要他使出那張牌，我就能給他好看。

「嗯？喔，是這個意思……呃……好吧，反正也沒別的好問。」

他一臉不悅，好像不喜歡我這樣誘導他。

「『今日一問』，**妳幹嘛要玩『我是誰』這種老套的遊戲？**」

「因為學長面向前方站著。」

「啥？真假？這是『今日一問』，妳應該不會說謊……」

「還有現在是十月，我想捉弄學長，但又不能搔你的背。」

「妳不准再搔我的背。」

學長渾身顫抖，加強語氣警告我。

「所以才玩了這個遊戲。」

「……我不接受，但可以理解。」

「很高興能獲得您的理解。」

在月臺上從後面搔他的背或抱住他（！）都太危險了，所以我今天只蒙住他的眼睛。

「再問一下，幹嘛要蒙眼？」

「剛認識時我試過拍肩惡作劇，被學長閃掉了。」

他還從另一邊轉向我。我好久沒看到那麼自然的反應……不過我上高中前很少有機會像那樣被整就是了。

「現在我才敢說，我那次其實是矇到的。」

「咦？」

「我當時剛好想起，自己國小時被朋友戳過好幾次。」

「有朋友會戳你的臉，卻沒有女生蒙過你的眼睛嗎？」

「不要講出來，聽了真不爽。」

「但你現在有我啊。」

「……我才不要妳咧。」

「哎呀，別這麼說嘛。」

我們今天也重複這類毫無重點的對話，搭著電車前往學校。我在學長心中到底占有怎樣的地位呢？

是他必須用盡全力提防的人？
還是不輕鬆但可以開心聊天的對象？
或者只是一位——很可愛、很可愛的學妹？

第22天 「學長的身高幾公分？」

昨天我必須踮起腳尖才能蒙住學長的眼睛，這讓我發現學長和我身高差滿多的。所以我今天決定問他這個問題。

「**學長的身高幾公分？**啊，是『今日一問』。」

「四月健康檢查時量出來是166。」

現在是十月，有可能在半年內長高嗎……我想應該差不了太多。

「為什麼還要說是四月量的？你不可能再長高了吧。」

「我剛上高中時是165，我還沒放棄170這個目標。」

「看來機會渺茫……」

還差五公分哪……我將手放在學長頭上，又往上抬了些。哇，還滿高的。

既然舉手了，我就順手摸了摸學長的頭。

「……不准嘲笑我的努力。」

他不在意我摸他嗎……啊，他耳朵好像有點紅。

「咦，你有在努力嗎？」

「我每天早上喝的咖啡裡都有加牛奶。」

「那有咖啡因耶，對身體不好，改喝麥茶吧。」

「好啦好啦，排毒排毒。」

……哼，嘗試一下麥茶嘛。

「依照慣例我也要問『今日一問』，**小學妹的身高多少？**」

他跳過麥茶的話題，直接問我「今日一問」。

好吧，既然他不理我，我也要隨意回答。

「好過分，怎麼可以問女生三圍？」

「我沒有問妳三圍……」

「學長，看來你應該不知道三圍量的是哪裡。」

我一說完，學長便緊張得全身僵硬。

「不知道。」

「咦？你真的不知道嗎……是身高、體重、座高喔。」

「少騙了，我至少還知道裡頭有個胸圍。」

嗯，胸圍，胸部。再聊下去我可能會玩火上身，糟糕。還是言歸正傳吧。

「你好奇三圍是什麼，就自己查吧。我的身高是156公分。」

「是妳自己岔題的……算了。我們剛好差十公分耶。」

學長也沒多問些奇怪的事，一切風平浪靜。

＃＃＃

如果她真說出自己的三圍我也很困擾，因為我不知道三圍的標準，也不知該作何反應，還好她沒有說出來。

對了，說到十公分的身高差，我想到一個東西。

「前陣子流行過一組『最萌身高差』的圖。」

「啊，有耶。」

那組插圖描繪出不同身高差的情侶如何互動，共有六張圖。我記得裡頭也有相差十公分的圖，畫的是什麼呢？

「學長，你記得嗎？」

小學妹一臉壞笑地望著我。

「我們的十公分，在那組圖裡是用來搞笑的。」

「真假？」
「可惜不是踮腳接吻那一張。」
「喂。」
「那麼想跟我接吻就直說嘛。」
「妳又不是我女友，我才不想跟妳接吻，而且——」
「——校規也禁止學生談戀愛，是吧？」
「妳很清楚嘛。」
「因為你每天都在講。」
小學妹得意地挺起胸膛。因為剛剛聊到「胸圍」，我的視線差點就往她的山峰飄去。來背質數……2、3、5、7、11……
「話說回來，十公分是什麼動作？」
「頭錘。」
「啥？」
「頭、錘，用頭『叩』別人的頭。」
那個狀聲詞「叩」聽起來真可愛。
「威力70？」

「畏縮率是30％吧。」（註：寶可夢中頭錘招式的效果）

「對，用頭撞人那招，還好我的認知沒錯。」

「那麼學長，請你別動，不然我可能會撞偏。」

「等一下、等一下，妳幹嘛撞我？」

「咦，學長，你不想試試看插圖裡的動作嗎？」

呃，我的確想知道那擺到現實會怎麼樣……

我默不作聲，小學妹逕自把話接了下去。

「好，你就別掙扎了，快點站穩腳步以免被我撞倒。」

「喂喂喂，要來真的嗎？」

我抓著扶手，小學妹朝我的胸口步步進逼。站近之後才發現，我們的身高差確實很適合使出頭錘。

小學妹散發出的洗髮精香氣比平時更強了。

「你不願意嗎？」

我若真的不願意，早就逃開或抓住她的肩膀阻止她了。她應該不會用力到害我受傷吧？

我微微搖頭，小學妹說了聲「ＯＫ」。

「小心別咬到舌頭喔。啊，眼睛也閉起來吧，不然會眼冒金星。」

「該說妳體貼還是不體貼呢？」

「我隨時都在為學長著想喔。」

「真的嗎……」

我放棄掙扎，閉上眼咬緊牙關。我本來不是這麼容易受影響的人啊。

「咦？哈囉？」

她遲遲未行動讓我有些不安，就在我呼喚她那瞬間，一個溫熱的物體貼上我臉頰。

我還在為這出乎意料的觸感感到錯愕之際，額頭便傳來一陣衝擊使我搖頭晃腦。這比我想的還痛，居然給我來真的。

不過剛剛那陣溫熱觸感，該不會是……？

＊＊＊

使出頭錘攻擊學長前，我偷偷親了他臉頰一下。

……也不算偷偷啦，畢竟我們在電車上。這樣一來，無論事實如何，我們都成了其他乘客眼中的笨蛋情侶。

「好痛……」

「威力有70嘛。」

反正吻臉頰也不算初吻。

不過——我還是吻了，呵呵。

……這點若被學長知道，威力可就不只70了吧。

第23天 「學長，你每天是怎麼來車站的呢？」

今天我和小學妹也在電車上的老位置面對面站著。

「對了，我發現一件事。」

這句話聽起來非常不妙，她又要強迫我做什麼了？

「我知道學長家在八丁畑站附近，但不知道你是怎麼來車站的。」

也就是說，她想知道我家在哪。而我家的方向她應該知道。

呃，可是我不想告訴她，感覺說了之後她就會跑來我家。

……想是這麼想，但其實現在她也會用LINE找我出去玩，就算她知道我家在哪好像也沒差。都怪我什麼都依著她。

啊，但我不想讓父母知道，感覺很害羞。

「所以我要用『今日一問』。**學長，你每天是怎麼來車站的呢？**」

我還以為她會直接問我住址，沒想到她問的卻是「怎麼來的」，看來她連交通方式和路線也想知道。

那先來說說我每天早上的例行公事吧。

「我起床後吃完早餐、換完衣服後牽單車出門，跟隔壁的貓打招呼再順便摸牠幾下。」

「是喔……」

接著進入正題——咦？小學妹的表情好像有些不悅。

嗯？我哪一句惹到她了？換衣服？怎麼可能。

真要說的話……應該是貓吧。我們沒聊過各自對動物的喜好，小學妹該不會討厭貓吧？

我胡思亂想了一下，但還是繼續說明。

「在第一個路口看到郵局後左轉，直直地走橫越國道，經過公園前方左轉，在便利商店那裡——」

大概是這樣。我每天都走這條路所以很熟，不知道小學妹聽了有沒有辦法在腦中畫出正確的地圖……總之我說完了，已經盡到說明的責任。

話說回來，小學妹剛剛為什麼會臉色一變？我那段話裡有什麼她討厭的東西嗎？……要是我猜中了，或許就能掌握她的弱點。好耶，我幹勁十足。

感覺好像不是貓，我想想……該不會是那個吧？姑且問問看好了。她的住址就等有需要的時候再用LINE問她。

那麼……

「『今日一問』。**小學妹，妳最後一次騎腳踏車代步是什麼時候？**」

＊＊＊

我在新聞網看到「在家約會特輯」，希望有天能去學長家玩，所以才問了這個問題——

然而我失策了。應該說，學長腦筋動得太快。為什麼話題會轉移到腳踏車上？而且我根本不知道學長每天都騎腳踏車來，不過我指的不是這個。

我指的是，為什麼他突然問我會不會騎腳踏車啦！

其實我不會騎腳踏車，因為小時候沒機會練習。

然後就一直拖到了高中。事實上，就算不會騎車也沒什麼差。

正因為不會騎車，學長這個問題更讓我困擾。

我還以為他會問我家裡的事，因為之前他總是用我的問題反問我。

……看來學長也變了。

我開心是開心，但還是希望他直接問我家住哪裡就好。他這個問題還經過精心計算，不讓我有閃躲的機會。

如果他問我「會騎嗎？」，我就能回答「會騎（但只能騎1秒）」，總之有很多避而不談的方式，但他這樣問我就沒轍了，而且又不能不回答。

「我沒騎過……」

我想不到方法擺脫學長的陷阱，只好舉白旗投降。

＃　＃　＃

喔，她承認了。

她　不　會　騎　腳　踏　車　！

總是我行我素、光鮮亮麗，又一直捉弄我的米山真春，竟然不會騎腳踏車！我原本只是有點懷疑，幸好有謹慎起見向她確認。這樣我就不再是單方面被她整了。

……不過這也稱不上什麼弱點就是了。

「是喔，妳不會騎喔。」

「不會騎也不會怎麼樣吧。我倒想知道那麼不穩的東西為什麼能動，它明明看起來一騎就會倒，太奇怪了。」

「我聽說腳踏車只要按照力學方式，就能運作得很穩。」

「只有經過專業訓練的人才能駕馭那種東西。我小時候沒受過訓練，所以不會騎。」

「妳以為騎腳踏車是什麼專業技能嗎？」
「是專業技能沒錯啊。」
「連機器人都會騎好嗎。那款機器人叫什麼，村天頑童？」
我記得《兒童科學》雜誌中有介紹過。
「我連聽都沒聽過。」
「機器人是所有男人的憧憬。」
「我是女生。」
「好啦好啦，妳最可愛。」
「嗯……學長，你這句『可愛』說得好順。」
「呃，不行嗎？」
她本來就長得很可愛，我一不小心就脫口而出。
「不，我很開心。但你突然這麼說，我……」
其實我也被自己說的「可愛」嚇了一跳。
「……抱歉。」
「不會，沒關係。」
我們陷入一股神祕的沉默中。嗯，平常都是她在整我，都這樣了，我乾脆整她整到底。

「這週末我們去騎腳踏車吧，這樣我就願意出門。」

「我搭計程車，你在後面好好加油。車費也由你來出。」

「這樣就不叫騎腳踏車了。」

「誰教你要為難我。」

我哪有為難她……好吧，我有。

「啊！」

小學妹似乎想到了什麼。

「學長這麼想騎車，不如下次教我怎麼騎吧。」

「咦？妳現在才要學？」

「反正我又不會……如果再不學，總覺得學長就會繼續嘲笑我。為了杜絕後患我只好趕緊學一學嘍。」

「那也不一定要跟我學吧？」

我一說完，她便低下頭欲言又止。

「怎麼了？」

「……這種事，我只能拜託學長了。」

她雙頰微紅的模樣果然很可愛。

第24天 「小學妹喜歡什麼動物？」

「早安學長。」

「嗯，早安。」

我在月臺和小學妹互道早安。

「終於到星期四了。」

「你看起來一臉疲憊。」

「每天上課都要抄筆記很累啊。」

「我筆記都只抄在課本和講義上，所以不覺得累。」

「這樣沒辦法拿高分吧？」

「我第一學期的成績比班上平均高十分，抱歉我太會念書了。」

她吐了吐舌頭。可惡，這臭小子。啊，她是少女，這臭少女。

「唔……好想快點考完試……快點放假……」

「不過學長就算放假，也只會一直悶在家裡吧？」

為什麼要讓我更沮喪呢？真是的。但我無法否認。

「咦，學長？」

小學妹一臉壞笑地朝我逼近。

「太近了、太近了。」

「有什麼關係，又不會少塊肉。」

「這句話一般是男生對女生說的吧。」

＊＊＊

這次寒假，我一定要拉著你到處跑。

我在心中發完誓，走到電車上的老位置。

「今天可以由我先發問嗎？」

哇，真稀奇。得知學長這麼想聊天，我完全藏不住笑意。

「好的，當然可以。」

「『今日一問』，**小學妹喜歡什麼動物？**」

我想想，既然他那麼問，我只好這麼回答。

「人。」

「人？我沒有會錯意吧？妳說的是人類嗎？」

「是的。」

「不是指特定的人？」

……學長到底想說什麼？如果回答我喜歡他，我們倆聽了都會臉紅吧。

「家人對我來說也很重要，但我不是這個意思，我喜歡的是整個物種。」

「喔……」

「不用說也知道，人類的思考方式跟我很像，可說是一種理性動物。所以觀察起來很有趣。」

「喔，原來是這個意思。」

「是的。我會想換作是我會怎麼做，也會思考當事人的立場和環境，這些都很有趣。」

「妳說了這麼多，老實說我還是不懂。」

平時若沒有觀察別人的習慣，聽不懂也很正常。

「算了，如果是寵物類的動物呢？」

「嗯～不知道耶。」

「給我好好回答。」

第24天
「小學妹喜歡什麼動物？」

「學長的『今日一問』已經用完嘍。」

「喂，太過分了吧。」

「開玩笑的，別緊張嘛。」

我一時之間想不出來。

「嗯……其實我不太喜歡寵物。」

「女生一看到寵物，不都會大叫『哇～☆好可愛！』然後衝過去嗎？」

「那是偏見……重點是我又不敢摸貓狗。」

「好可惜喔，貓狗那麼可愛。」

「可愛嗎？」

「可愛啊。」

聽到「可愛」兩個字，我的心臟不爭氣地狂跳了幾下。

「我覺得學長比貓狗更可愛。」

「妳啊……！」

這是我的反擊。

我每次說這種話學長都會有所反應，真的很可愛呢。

# # #

昨天聊到貓，所以我就趁機問她喜歡什麼動物，怎麼會搞成這樣？幹嘛突然說那種話。

「嗯……我可能害怕事情和我預想的差太多吧。」

害我心跳加速的小學妹若無其事地談起認真的話題。

「妳的意思是？」

「人類一般都滿理性的，做的事也都有道理可循。」

也是。應該沒人會突然在電車上單手倒立，再拿出法螺來大吹特吹。有的話會嚇死人。

「而且就算某人做的事出乎我意料，也幾乎不會對他人——應該說，對我造成危害。」

「隨機殺人呢？」

「那太少見了。反之寵物可能會抓狂，不小心被咬到還會受傷。我不想遇到那種事。」

「哪會咬人？是妳摸的方式不對吧？」

她很會應付人，但好像不太會應付動物。

「一定有啦，只是我沒遇過。總之我討厭無法預測的事物。」

「原來如此……」

之後有機會再找東西給她摸好了。動物的皮毛摸起來很舒服，如果不知道那種觸感，還真有點白活了。

若是見到陌生人虛度人生，我才不會插手。之所以想讓小學妹認識動物，可能代表我很重視她吧，唉。

我沉默了一會兒後，換小學妹向我提問。

「輪到我問『今日一問』，**學長喜歡什麼動物呢？**」

「貓吧，我每天早上都會摸貓。」

「你鄰居養的嗎？」

「是啊。」

我只要摸牠下巴，牠就會舒服地瞇起眼睛發出呼嚕聲，真的很可愛。

「只回答貓太無聊了，再講一個別的。」

「別的？不要強人所難好嗎……」

……我想想，別的啊。有件很久以前發生的事。

「我以前去澳洲玩時有抱過無尾熊，牠們長得很可愛。」

「像無尾熊這種遙不可及的生物，我反而覺得滿可愛的。」

「妳也這麼想吧？但那是幻想。」

「什麼？」

「無尾熊不是都生活在樹上嗎？」

「尤加利樹嘛。」

「對對，所以牠的爪子超發達，抱的時候會刺進手裡。」

「唔哇……」

「超痛的。」

「我突然覺得牠不可愛了，畢竟牠也是動物。」

＊＊＊

聊到無尾熊，我突然想吃那個。

「學長，不給糖就搗蛋。」

「又來？」

「一聊到無尾熊，我就想吃小熊餅乾了。到了日南川站後，請你去便利商店買給我。」

「妳啊……」

「不然你想被我捉弄嗎？」

「會胖喔？妳吃過早餐了吧？」

「哼……怎麼能對女生說這種話。」

應該不會胖吧，我最近很少吃甜食。

「……好吧，那留一半給我。」

「裡面是小包裝的嗎？」

「我印象中不是。」

我邊從學長手中的六角形盒子拿餅乾出來吃，邊走向學校。學長嘴上雖然抱怨，仍時不時瞄向我，配合我的腳步，真體貼。這條路上沒有任何櫻明的學生，不用在意他人眼光。

「下次見。」

看見學校後，學長像平時一樣加快腳步。與其說加快腳步，更像恢復成他平常的速度。我也不配合他的速度，和他自然地拉開距離。

從教室窗戶可以清楚看見靠近日南川站這一側——學校的後門。學長很容易害羞，他說他不想被別人看到我們一起上學。

所以一看見學校，我們就會自然拉開距離通過校門。這是我和學長形成的一種默契。

走在前頭的學長和我之間的距離，或許就是我仍須努力的部分。

第25天 「學長知道動物占卜嗎？」

我們如常地搭上電車，小學妹靠在老地方說：
「星座、血型、手相我們都聊過了嘛。」
「嗯。」
「我想到有個占卜我們還沒玩過。」
是嗎？我不知道還有什麼占卜。
「昨天我們聊到了動物。」
「是沒錯，但這跟占卜有關嗎？」
「聽我說嘛，我要問『今日一問』了。」
「問什麼？」
「**學長知道動物占卜嗎？**」
我活了十七年第一次聽到這個詞。
「不，不知道。」

小學妹拿出手機，打開瀏覽器。

「聽說只要輸入出生年月日，就會跳出符合你個性的動物。」

她又補了句：「我也沒玩過，這是我第一次玩。」

「嗯，學長比我大一歲……是二〇〇二年生的吧？」

「對啊。」

「二〇〇二年有發生什麼大事嗎？」

「我哪知道，我當時才剛出生耶。」

「你不是喜歡玩猜謎，這樣行嗎？」

「沒差啦，我又不是職業玩家。」

小學妹一面和我閒聊，一面點著手機。

「好，二〇〇二年十月二十七生的男性，代表的動物是……噗。」

小學妹才瞄了一眼螢幕就笑出聲來。怎麼了？是什麼奇怪的動物嗎？

「學長，你是『黑豹』。」

「為什麼還規定是黑色……」

而且我不覺得自己像肉食動物。

「上面說你是『自尊心強的和平主義者』。」

「自尊心……和平主義……」

結果解說超符合我的個性，反而讓我很困擾。我確實有自己的信念，也討厭紛紛擾擾。

我有種被看透的感覺。

「為什麼是肉食動物，又是和平主義者呢？」

「人類也是肉食，正確來說是雜食，這點就別計較了吧。可能是不會過度狩獵的意思吧。」

「原來如此。所以學長也會狩獵嘍？」

「啥？」

「請讓我看看你肉食的一面。」

「……強人所難也要有個限度吧？」

我哪知道怎麼展現肉食的一面？我可是沒談過戀愛的草食系男子。

「你眼前就有個毫無防備的女孩。」

小學妹張開雙臂，挑釁地笑了。

……看來我不得不照她說的做。怎麼會搞成這樣？

好吧，做就做嘛。我做，我做，我做就是了。

我將手抵在小學妹臉旁的車門上，做出壁咚的姿勢。我長得又不帥，就算這麼做也沒什麼意義就是了。

「我吃了妳喔。」

她那雙圓睜的眼睛非常迷人，展開攻勢的我反而像要被吸進去一樣。

原以為什麼事都不會發生，結果我和她都滿臉通紅，陷入沉默。

「……還是別玩這種的好了，封印起來。」

「是妳自己說要玩的……」

「咦？可是學長看起來比我更緊張耶。」

「不曉得是誰比較緊張耶。」

我們互相挑釁過後，決定將這招封印起來。嗯，很和平。

說起來，我們之前也曾封印過別的。我和她會迎來這些事物解封的一天嗎？

「話說，學長生肖屬馬、星座是天蠍座、代表動物是黑豹呢。」

小學妹將話題拉了回來。

「這些生物感覺都很強悍，和學長的形象相反。」

「我給人的感覺就那麼軟弱嗎？」

「對。」

太過分了吧，真是的。

＊＊＊

「那妳自己在『動物占卜』裡又是什麼動物？」

我自己還沒試過，所以不知道答案。

「不知道耶。」

「啊，這是『今日一問』。」

「好好，我測嘛，等我一下。」

他就算不強迫我測，我也會測。這次我輸入自己的出生年月日。

「二〇〇三年十二月十二日……喔！」

「怎麼樣？」

「是黑豹。」

「……跟我一樣。」

這是我第一次和學長有共通點，還滿開心的。

「嘿嘿，我們一樣。」

「妳笑什麼──所以妳也是『自尊心強的和平主義者』嘍？」

「是的，我崇尚和平。」

「……騙人，妳哪有？」

「我又不會揍學長。」

「妳會搔我癢啊……才不和平……」

「咦，你希望我搔你癢嗎？」

「……沒有。」

＃＃＃

小學妹以懷疑的眼神望著我，光是這樣就讓我背脊發麻，我也被自己的反應嚇了一跳。

我想拋開這股怪異感便算起她的生肖。呃……我屬馬，她比我小1歲所以是羊吧。

「妳屬羊，怎麼可能？妳是披著羊皮的狼吧？妳這麼狡猾。」

射手座的「射手」會用弓箭，而被視為智慧的象徵。小學妹有點小聰明，一逮到機會就想捉弄我，害得我心神不寧，星座比起生肖更適合她。

「……叫我小惡魔還好聽一點。」

「妳這惡魔。」

「更過分了！」

我從未想過從這惡魔手中逃離，看來我中毒滿深的。

……算了，這樣也很有趣，沒差啦。

第26天 「你今天做了些什麼，學長？」

maharun♪：早安
maharun♪：學長

今天星期六，放假。我本來可以遠離學校無聊的課程，做自己喜歡的事。然而一大早卻被LINE的通知聲吵醒，氣死我了。

天還沒……已經亮了，但好像比平常暗了點。

現在是早上八點三十分。若要上學，這時間早就遲到了，但在假日這還很早。不過醒都醒了，我只好爬出被窩，拉開窗簾。

唔，好冷，天空好暗。仔細一聽還能聽到嘩啦嘩啦的聲音。我望向窗外，正在下雨。

Keita：早安
maharun♪：你醒著啊！
Keita：少裝傻了
Keita：是妳吵醒我的

maharun♪：哎呀，是嗎

Keita：我還很睏

maharun♪：好啦。對了，外面在下雨

maharun♪：我們本來要去公園的

maharun♪：怎麼辦呢？

沒錯，我跟她約好今天要去附近的公園，教她騎腳踏車。

不過學騎車不是什麼急迫的事，不用非得在雨中練習吧？小學妹。

重點是我不想淋雨，淋了雨會覺得更冷吧。

Keita：最好順延吧？

maharun♪：也是

maharun♪：那今天就不約嘍

maharun♪：你明天有空嗎？

Keita：算有

maharun♪：總之你明天也空下來給我

Keita：好啦好啦

她接下來一定會說「陪我做點別的事吧♪」，我懂。

……過了一分鐘、五分鐘、十分鐘，手機畫面上的文字還是沒變。

咦，真假？太令人意外了。我還以為她會說「我們等等見面吧」。

預期落空，我突然變得很閒。平常這時間我還賴在被窩裡，但現在這麼冷，我又拉開了窗簾，已經完全清醒過來。

呃，要做什麼呢——我喃喃自語時，LINE響了。

嗯？她還是傳訊息來了嗎？

結果手機畫面上顯示的並不是她的名字。

出塚康弘：有空嗎？

這是我跟小學妹交換LINE前加的另一個好友，他叫出塚康弘，是我的同班同學，也是個阿宅。

Keita：超有空

我們的姓都是「I」開頭，座號很近，頻繁聊天的過程中發現彼此都有在看動畫，就聊到了現在。

出塚康弘：來去KTV吧

出塚康弘：就我們兩個

我們都喜歡動漫，所以去KTV時毫無顧慮，可以盡情唱自己喜歡的歌。順帶一提，我很常一個人去唱歌。但高中同樂會或國中同學會時，一大群人在ＫＴＶ裡吵吵鬧鬧，我就不喜歡了。

出塚喜歡Ｉ作品，我喜歡Ｌ作品。我們並沒有不和，只是喜好不同。我們都尊重對方喜歡的角色，所以不會批評對方點的歌，而總是靜靜地聆聽。

唱得盡興後，我們走出ＫＴＶ。時間已是正午過後，我們兩個男高中生早已飢腸轆轆，只是剛剛唱得太專心沒注意到。

我們衝進附近一間家庭餐廳，用飲料吧的飲料慰勞操勞的喉嚨。出塚喝完一杯可樂，開口對我說：

「話說井口，我嚇了一跳。」

嗯？

「你是不是有跟米山親密地走在一起吃小熊餅乾？」

我好不容易忍住不讓嘴裡的柳橙汁噴出來，卻開始劇烈地咳嗽。身穿純白上衣的出塚真該感謝我的意志力和喉嚨的肌力。

「你怎麼知道……」

「我那天太早到學校，就繞到了後門。」

「我不是問這個，我是問你怎麼知道小學妹的名字？」

「喔～你叫她小學妹啊？」

「不行嗎？」

「……沒有。」

那溫暖的目光在這種時候讓人有點火大。

「所以你是怎麼知道的？」

「我是美術社的優良社員，她是美術社的幽靈社員。」

啊，對了，出塚很會畫美少女，還上傳到pixiv，獲得的讚數也滿多的。

而小學妹也是美術社的。她說她很少去社團，原來是真的。

「你愛上她了嗎？」

出塚一臉燦笑地問我。

「我才沒有。」

我應該沒有愛上她吧，我想。而且我還不懂「愛」是什麼。

我只是覺得每天見到她的笑容都不會膩而已。

「唉，還以為我們都是單身狗，沒想到你的春天來了。」

聽見春天，我脫口說出聯想到的事。

「小學妹的名字是真春呢。」

「喔？」

「不是。春天才沒來，是冬天先來。」

最近變涼了許多，即使晴天，穿著短袖也有點冷。

「但冬天結束，春天不就來了嗎？」

少給我露出勝利的表情。

「……總有一天會來吧。」

「喔，你不否認嘍？你果然喜歡她嘛。」

我氣呼呼地別過視線，看著牆上的畫。

「你喜歡她哪一點？嗯？」

「我才不說。」

「原來是不說，而不是不喜歡她啊，慶太同學。」

我不討厭她，也對她抱有興趣。

但這樣就叫「喜歡」嗎？我「戀愛」了嗎？

我不懂。不懂，所以害怕。

連我自己都不懂了，怎麼有辦法告訴朋友我喜不喜歡她。

「……看樣子你還沒告白吧？」

「我怎麼可能告白。」

對了，我還沒跟他說過學生會長和校規那些事。

我費了番工夫解釋完，出塚疑惑地眨著眼睛問我：

「──就這樣？」

「就這樣。」

就為了這點小小的、無聊的堅持。

「嗯，那就改校規啊，如果小學妹也認同的話。」

他還說：「都什麼時代了，想改校規可以找到很多理由吧。」是沒錯啦。

例如「第五十一條，本校禁止男女同學交往」這段話，就有很多可以吐槽的地方。

學校禁止「男女交往」，那「男男交往」或「女女交往」呢？之類的。

「不過說了這麼多，最後做決定的人還是你。我會幫你加油的。」

該回他「謝謝」，還是「少多管閒事」呢？

我連這個都不知道。

＊＊＊

今天下雨，沒辦法去練腳踏車。本來可以利用多出來的時間和學長去其他地方玩，但外面下雨，學長又喜歡獨處，我就選擇一個人在家悠閒度過。

吃完晚飯（今晚吃的是薑燒豬肉），差不多該去洗澡時——我卻覺得今天好像少了什麼。為什麼呢？

……我想想，該不會是因為今天都沒有整到學長吧？最近我們每天都會聊天。那麼我乾脆——

# # #

我和出塚道別後回到家裡，玩了一下遊戲就晚上了。假日時間總是過得特別快……但好像少了什麼。

難道是因為沒跟小學妹拌嘴嗎？怎麼可能。雖然和她聊天已成習慣，但我應該沒有真的中毒吧。希望如此。

我賴在自己床上滑手機時，手機畫面忽然轉暗。我還以為手機壞了，接著畫面立刻跳出「maharun♪」幾個字，還發出LINE通話特有的鈴聲。怎麼突然打給我？就當是我太緊張不小心掛掉電話吧，我趕緊按了紅色的拒接鍵。

十秒後她又打來了。好啦好啦，我接就是了。

「……喂？」

『晚安，學長。』

小學妹活力充沛的聲音從我耳邊的手機中傳來。

「我說妳啊……」

『這是驚喜喔。』

「什麼驚喜？」

……不過，好像哪裡怪怪的？她的聲音聽起來有點悶，又有點響亮。總之聽起來像是麥克風收到了回音。

『突然打電話給你的驚喜。』

「好啦好啦，然後呢？」

『然後我要問你「今日一問」。』

嘩啦。

……嗯？喂，剛剛的聲音，難道是……？

＊＊＊

我平常很少會把手機拿進浴室，畢竟雖然手機防水，但還是會擔心。所以今天是特例。

「**你今天做了些什麼，學長？**」

『我去了KTV。』

我整個人躺在浴缸裡，將頭靠在浴缸邊緣向學長提問。

「是喔，你一個人——」

『不，我跟朋友一起。』

「咦！」

『妳不要那麼驚訝好不好，我也有朋友啊。』

「我知道啦。」

但我沒想到他還有可以當天約出來的朋友。

「就只有這樣嗎？」

『當然不只這樣，但我想先問個問題。妳的聲音怎麼悶悶的，還有回音？』

啊……在浴室裡講電話，果然會被發現呢。

「這麼明顯嗎？」

『之前不會這樣啊。我還聽見嘩啦嘩啦的聲音……小學妹，妳在幹嘛？』

「問我做什麼……我在泡澡啊。」

『別若無其事地說出來。』

「邊泡澡邊講電話有什麼不對嗎？」

『呃，沒有……小心手機別掉進水裡。』

我腦中浮現學長故作正經，耳朵卻微微泛紅的模樣。

「沒問題，我手機防水……倒是學長，可別想東想西喔。」

我弄了點激烈的水聲作為福利，嘩啦嘩啦。

『噗。』

啊，他嚇到噴氣了……真是的。

他又沒看見我本人，我才不會害羞呢。

『我什麼都沒想！』

「真的嗎？」

『真的。』

他肯定在說謊……算了，沒關係。

# # #

小學妹的聲音「也」微微顫抖，我本來想告訴她這件事，想想還是算了。因為她在浴室裡愉快吹著口哨的畫面，一直在我腦中揮之不去。我的腦容量已經快被那個畫面占滿。

「岔題了，回到正題吧。」

『我們原本在聊什麼？』

還好她乖乖配合把話題導正，剛剛那種再來個兩次我就要昏過去了。

「我和朋友去完ＫＴＶ——啊，對了，我們還聊到妳。」

『聊到我？』

「我那個朋友就是出塚。」

咦，她怎麼沒反應？

「喂……他是妳美術社的學長，妳好歹記一下人家的名字吧。」

『你這樣說我才想起來。』

畢竟她是幽靈社員……會有這種反應也不奇怪。

『那你和出塚學長聊了什麼？』

小學妹催促我說下去，但我不知道該不該說。

如果我告訴她出塚叫我改校規，不就等於告訴她我很在意她嗎？

……不過如今我們都超在意對方，這已經是不證自明的事實。

「我們聊到校規。」

『嗯。』

「他建議我改校規。」

天哪，我說了，已經不能回頭了。

『嗯……改校規有那麼容易嗎？』

她的回覆意外地務實。

「也不是不能改……只是要做很多準備，有點麻煩。」

『是喔。』

她只應了聲，也不知道聽沒聽懂，但我都已經提起這個話題，要問也只能趁現在。我要問她對於我們關係中的最大阻礙有什麼想法。

「我要問『今日一問』了——**小學妹想修改校規嗎？**」

＊＊＊

我還以為學長會無視禁止戀愛的校規，但他果然是會對這種事認真的人。

不過，既然他問我「想改嗎」……

如果修改校規能讓他心境有所轉變，那麼我的答案只有一個。我搶在學長問完問題前，以充滿活力的聲音回答：

「是，當然！」

『……這樣啊。』

學長說改校規有點麻煩，但如果能跟他一起東奔西跑做各種準備，一定很有趣，感覺就很好玩。

……這或許會成為我們第一件合力完成的事。

『要試著修改看看嗎？』

「好哇。」

呵呵，可能沒辦法那麼快成功——但我很期待。

「就這樣嘍，學長。明天見！」

我掛斷電話，為了讓發燙的身體得以冷卻而走出浴缸，直直盯著天花板和牆壁的直角。

我今天泡澡的時間明明比平常短，體內卻不斷地冒出一股熱意。

第27天「學長，你有想去的地方嗎？」

maharun♪：那個
maharun♪：早安
maharun♪：今天也在下雨
Keita：對啊，還在下

星期日，今天也很冷。

小學妹和昨天一樣，準時在早上八點三十分傳LINE給我。今天也在下雨。會在這種天氣騎腳踏車的只有寶可夢的主角了吧。

maharun♪：怎麼辦
Keita：還能怎麼辦……
Keita：這樣根本沒辦法騎腳踏車

昨天我們聊得有點深入，現在聊LINE時卻都閉口不談那件事。不過事到如今就算被對方看穿心情，其實也不會怎麼樣。

maharun♪：沒和學長見面，我就無法達標了

Keita：達什麼標……

maharun♪：每週要見學長六次的目標

Keita：妳什麼時候訂的？

Keita：我早上和放學後各見妳一次，把我的假日還來

maharun♪：我改成「每週六天」好了

Keita：不准

悠閒度過週末可是我的信念。接下來只會越來越冷，我更不想出門了。

maharun♪：我們今天要做什麼呢

我想想。對了，我追的輕小說出了電影，最近剛上映。

Keita：我不想出門

但比起看電影，我更想待在家裡。這種天氣就該裹著毛毯，躺著玩平板，我根本不想做其他事。

我在亞馬遜上買的新書也快送來了，好想早點開始看。

maharun♪：什麼嘛……

maharun♪：「今日一問」。**學長，你有想去的地方嗎？**

Keita：我家的被窩

maharun♪：請問一下，學長現在在哪呢？

Keita：妳很懂我嘛，我在床上

假日這時間不在床上還比較反常，而且這時我通常還在睡覺。

maharun♪：好吧，我明白了

maharun♪：那今天就不要出門吧

咦？小學妹難得這麼聽話。

這樣我是很開心啦，樂得輕鬆。

要幹嘛呢……來睡回籠覺吧。我關掉手機螢幕，閉上眼睛。

＊＊＊

假日總是睡到很晚的學長說他今天不想出門。天氣這麼糟，這也難怪。

不過換個角度思考，學長不想出門，我可以去學長家啊。前幾天我問到了學長家到八丁畑站的路線，只要沿著反方向走，找到寫著「井口」的門牌就行了。

要穿什麼……對了，第一次約會時穿白色洋裝，他的反應很好，今天也穿淺色系的吧。

頭髮也不綁，放下來就好。

我為了這一刻已經買好草莓口味的點心，所以伴手禮部分也ＯＫ了。

先前往八丁畑站吧。

我撐著傘走到站前，看見那裡停了一台陌生的巴士。上頭畫著紅耳朵的角色，仔細一看還寫著「捐血」兩個字。

哦，捐血車也會來我們這一站啊？我看著寫有各個血型供應狀況的看板，想起之前和學長聊過血型和星座。

學長是Ｏ型天蠍座。

不久前我對學長一無所知，現在卻知道他很多事。

今天我又能見到學長怎樣的一面呢？

因為學長有提到「郵局」這個關鍵字，我很快就找到井口家的門牌。隔壁家屋簷下還窩著一隻貓，就是這裡沒錯。

現在是九點三十分，這時間拜訪學長家應該不會失禮吧……不過我突然不請自來的行為本身就滿失禮的。

接下來我要突襲學長家了（他家好大）。
我壓抑著緊張的心情，按下他家的電鈴。

＃＃＃

我聽見電鈴叮咚作響，剛剛鬧鐘好像也響過。
該醒——好睏……

＊＊＊

『妳好。』
對講機傳來女性的聲音，應該是他母親吧。
「抱歉突然來訪，我是學——」
不能只叫他學長。
「我是慶太學長的學妹——」
這種時候該怎麼描述我們的關係呢？我停下來清了清喉嚨，重新講了一次。

「我是慶太的朋友米山真春，我來找他玩。」

『咦，慶太的朋友？這麼可愛的朋友來找他玩，他怎麼都沒跟我說。』

「呃……這點很抱歉，因為我沒有事先跟他約好。」

『哎呀，所以妳是瞞著慶太來的嘍？』

「是的。」

『那我去告訴……不用告訴他了。』

「咦？那個……」

『他現在還在房間裡，我跟他說包裹來了，要他過來，妳等一下喔。』

「啊，好的。」

看來我應該能順利進到學長家。

＃　＃　＃

「慶太？包裹來了，去收一下！」

啊，危險危險，我又睡著了。媽媽的聲音從門外傳來，這下我才清醒。她自己收不就好了……算了，應該是我的包裹，我猜是亞馬遜寄來的新書。

我穿上拖鞋，拿起內含墨水的印章，揉著眼睛打開家門。

「早安！學長♪」

關門，上鎖。

我可能太累了吧，昨天在KTV唱了那麼多歌……再睡一覺好了。

「喂！學長！」

外面傳來咚咚咚的敲門聲。

「快開門！」

我喃喃說了聲「不要」，也不知道門外的她聽見沒有，總之我背過身去。

「快點開門！不然我就要跟令堂說你的糗事喔！」

「什麼事……」

我不得不開門回應她。開門那瞬間，小學妹的白色鞋子迅速伸進門縫內。這就是所謂的「腳在門內效應（物理）」嗎？（註：Foot-in-the-door technique，心理學名詞，指循序漸進的請求較容易被對方接受）

「嘿嘿，我來了。」

小學妹穿著淡粉紅色的毛衣和深藍色的緊身牛仔褲，外頭還罩了件灰色的長大衣，她收起傘對我微笑。

「慶太，你有跟人家打招呼嗎？」

不知不覺間，媽媽也從客廳來到玄關。

「打招呼不用妳提醒我……」

「隔著螢幕看到妳就覺得妳很可愛，沒想到本人更可愛。妳好，我是慶太的母親。」

「伯母您好，這是一點小心意。」

小學妹前進一步，將手上的紙袋遞給我媽。

「哎呀，這麼客氣。謝謝妳的禮物。」

原本就心情不錯的媽媽笑得更燦爛了。

「慶太，我請客人在客廳喝茶，你快去把房間收一收。」

「啊，不用麻煩了，我直接進學長房間就好。」

「他房間都是書，連坐的地方都沒有喔。」

喂，都沒人問我的意見。為什麼要讓她進來？

等等，小學妹也說「打擾了」開始脫鞋子。等一下，喂。

「那就沒辦法了。學長，動作快點喔。」

豈有此理……唉。

我嘆了口氣往下一看，這才發現自己還穿著睡衣。

＊＊＊

學長家的玄關處，擺著他幼稚園左右的照片。他現在比我高上十公分——但當時小小的好可愛。

我在伯母帶領下坐在客廳的椅子上。

「歡迎來到井口家。來，請喝紅茶。」

「謝謝您。」

啊，真好喝。

「藏語是『雷聲之地』。」

「什麼？」

「哎呀，妳不是這方面的同好啊？真抱歉。我說的是『大吉嶺』這個地名。」

……是猜謎！她在炫耀知識！不愧是學長的母親。

「話說那孩子最近週末經常出去，我還覺得奇怪呢。」

紅茶很燙，還好我喝得很小口，不然就噴出來了。

「不是您想的那——」

「我懂，玩得開心點喔。」

……她絕對不懂，真是的。

# # #

我回到房間，將散落一地的書堆到角落，稍微用吸塵器吸了一下。再拿出靠在牆邊的摺疊小桌，擺好坐墊。

這樣就行了吧，再來只要換衣服就好。

我隨便拿了件外出穿的衣服，裸著上半身時，聽見房門傳來嘎吱聲。

「學長？那個，伯母說你應該整理好了……學長？」

是小學妹的聲音。我已將脫下的衣服甩到一邊，既來不及穿回去，也來不及換穿新的。

她冷冷地瞥了我一眼。

「這麼想要我看你的裸體嗎？……可是你一點肌肉都沒有。」

「吵死了，別在我換衣服時衝進來。」

要是性別相反，我早就報警了。

「因為、那個……」

「好歹要先敲門吧……」

我也可能還沒整理完啊，受不了。

……我先讓她出去，總算換好了衣服。

＊＊＊

若要用一個字表達對學長房間的印象，那就是「書」。

……令我印象深刻的才不是學長的裸體，是書才對，真的……不過他比我想像的還要有肌肉。

房內有兩面牆被書櫃占滿，卻還有容納不下的書堆積在地。學長喝了一口用托盤端來的紅茶，問我：

「所以妳是來幹嘛的？」

「來見學長的。」

「見到了，妳可以回去了。」

「不要，馬上回去太無聊了。」

「我有聊就好。」

「什麼意思啦。都怪學長說不想出門。」

「我是有這麼說……」

「你說你想待在被窩裡，我不得已才來找你的。」

「我哪知道會變成這樣……」

學長頓了頓，吃了一口我帶來的點心。

「都怪今天下雨。」

「對對，是天氣的錯，不是我的錯。」

「不，突然跑來的妳也有錯。」

「那說不想出門的學長也有錯。」

「唔……」

「所以我們都有錯。」

「……就當是這樣吧。」

我們隔著茶几面對面爭論了一會兒後，暫時休戰。

一個月前我連學長的名字都不知道，現在卻進到他家，還和他鬥嘴。呵呵，真奇妙。如果告訴一個月前的我，我會有什麼反應呢？

「對了學長，你房間好像有點冷。」

「房裡沒有暖氣，這房間幾乎只是用來睡覺的。」

我喝了紅茶讓身體回暖，但室內氣溫還是太低。

「借我毛毯。」

「咦？不要，這是我的。」

「這毛毯很大，一起蓋就好了嘛。你不是想待在被窩裡嗎？」

再吵下去會沒完沒了，我乾脆從學長床上拉過毛毯塞進茶几下方，連我的腳一起蓋住。

「暖桌？」

「真像暖桌呢。」

對面的學長也將腳伸進毛毯內，這樣我們都在毛毯裡了。

「好想吃橘子。」

「今年的橘子上市了。」

「我這一季還沒吃過橘子呢。」

我們漫無邊際地聊了起來。

＃　＃　＃

「對了學長，你知道我們這種行為叫什麼嗎？」

閒聊約一小時後，小學妹突然問我。

「不知道。」

我猜了個答案，但太害羞了說不出口。

「真的嗎？」

「真的。『今日一問』，**這種行為叫什麼？**」

小學妹在毛毯下輕踢我的腳，接著將手撐在身後回答：

「真是的，這叫『在家約會』啦。」

是嗎，我好像在哪聽過。是在推特，還是在pixiv？

……沒想到短短一個月我們就變得這麼要好。

「唉……」

「我很喜歡這樣，期待下次再約。」

「等一下，這裡是我家耶。」

「我們雙方的家都可以，學長也可以來我家啊。」

呃，這個嘛，我會緊張。

我們踢著對方的腳放鬆聊天，轉眼間就來到午餐時間。媽媽特意準備了小學妹的份，留她下來吃飯。

吃完飯後，小學妹站起身。

「我差不多該告辭了。」

「妳要回去啦？」

「是的，打擾了，不好意思還吃了您的咖哩飯。」

「沒什麼，都是些粗茶淡飯。再來玩喔，真春。」

「謝謝您！」

「對了，慶太，送她回去吧！人家是女生哪。」

什麼？現在還是白天，沒什麼好擔心的吧。

「快點去啊。」

我被媽媽逼著送她。唉，今天本來不想出門的。

＊　＊　＊

我和學長各自撐著傘，走在溼冷的小雨中。

「那個，謝謝你，學長。」

「幹嘛突然道謝？」

「我不請自來，還受你們招待。」

「我什麼都沒做，要謝就謝我媽吧。」

學長也不是什麼都沒做啦，但既然他這麼說……

「我懂了。」

「咦？」

「我剛剛跟伯母交換了LINE。」

我再跟她道謝吧。

「這樣啊……妳腦筋動得真快……」

我們來到八丁畑站前。

我在當初那台自動販賣機前，回過身面向學長。

「到這裡就可以了。」

「咦？可是我媽要我送妳回家。」

「沒關係啦，而且——接下來這段路，等你願意來我家時我再告訴你。」

在那之前就先保密吧。

距離第一次和學長聊天，已經快一個月。這個月我得知了他很多事。

他認真。

他好強。

他被開玩笑就耳朵泛紅。

他怕癢。

他總是拿我沒轍。

我知道了很多事，卻還有很多不知道的事。

所以我希望自己能更了解學長。

同時，我也希望學長能更了解我。

「啊，雨停了。」

我聽見學長的聲音便往天空一看，剛才雨下得那麼大，現在太陽卻已開始露臉，不用撐傘了。

「明天也會放晴嗎？」

「氣象預報好像說是晴天。」

「這樣我們就能去騎車了。」

——明天也能見到學長。

我拚命忍住不笑出來，卻發現笑意藏都藏不住，嘿嘿。

「對啊。」

「明天——」

還有之後的日子。

「——也請多關照嘍，學長！」

（待續）

後記

各位好，我是兎谷あおい。

讓我迷上輕小說的，是國中時看的《零之使魔》。我還記得自己當時興奮地讀著才人和露易絲的冒險故事，一本接著一本停不下來。許多年後，我竟能在出版《零之使魔》的MF文庫J發表這部處女作，我感到非常開心。原來只要懷抱希望和信念，夢想真的能夠實現。

篇幅有限，我的事就聊到這裡，接下來進入謝辭。

首先當然要感謝讀者們，尤其是從網路連載就一路支持的讀者，感激不盡。正因為有各位的支持，學長和小學妹的互動才能化為書冊。還要感謝插畫家ふーみ老師，感謝您將真春他們畫得這麼迷人！我每天都會膜拜您的插圖，並視為傳家之寶。接著是O編輯，感謝您對作品提出許多精準的建議，真的受您照顧了。此外這部作品還受了許多人的幫助才能完成。

感謝各位！若有機會，我們下次見！

兎谷あおい

國家圖書館出版品預行編目資料

回答我吧!關於學長的100個問題 / 兎谷あおい作 ;
馮鈺婷譯. -- 初版. -- 臺北市 : 臺灣角川, 2020.09-
冊 ; 公分. --

譯自 : わたしの知らない、先輩の100コのこと
ISBN 978-957-743-970-3(第1冊 : 平裝)

861.57 109010212

Kadokawa
Fantastic
Novels

回答我吧！關於學長的100個問題 1

（原著名：わたしの知らない、先輩の100コのこと 1）

2020年9月21日　初版第1刷發行
2023年6月30日　初版第3刷發行

作　者：兎谷あおい
插　畫：ふーみ
譯　者：馮鈺婷

發 行 人：岩崎剛人
總 編 輯：蔡佩芬
編　輯：高韻涵
美術設計：吳佳昫
印　務：李明修（主任）、張加恩（主任）、張凱棋

發 行 所：台灣角川股份有限公司
地　址：104台北市中山區松江路223號3樓
電　話：（02）2515-3000
傳　真：（02）2515-0033
網　址：www.kadokawa.com.tw
劃撥帳戶：台灣角川股份有限公司
劃撥帳號：19487412
法律顧問：有澤法律事務所
製　版：尚騰印刷事業有限公司
ＩＳＢＮ：978-957-743-970-3